REDES SOLIDÁRIAS

MARIA TEREZA MALDONADO

Ilustrações
MARCELO MARTINS

REDES SOLIDÁRIAS

- *Selecionado para o PNLD/SP 2002*
- *Prêmio "Adolfo Aizen", de literatura infantil e juvenil, categoria solidariedade, da UBE-2002*

Coleção Jabuti Vida

7ª edição

Editora Saraiva

Editor: ROGÉRIO GASTALDO
Assistentes editoriais: ELAINE CRISTINA DEL NERO
NAIR HITOMI KAYO
Secretária editorial: ROSILAINE REIS DA SILVA
Suplemento de trabalho: ROSANE PAMPLONA
Preparação de texto: PAULO DE SÁ
Coordenação de revisão: LIVIA MARIA GIORGIO
Gerência de arte: NAIR DE MEDEIROS BARBOSA
Supervisão de arte: VAGNER CASTRO DOS SANTOS
Diagramação: MARCOS ZOLEZI
Finalização de capa: ANTONIO ROBERTO BRESSAN
Produtor gráfico: ROGÉRIO STRELCIUC
Impressão e acabamento: Vox Gráfica / OP 286099

Dados Internacionais de Catalogação na Publicação (CIP)

Maldonado, Maria Tereza
Redes solidárias / Maria Tereza Maldonado ; ilustrações Marcelo Martins. — 7. ed. — São Paulo : Saraiva, 2009. — (Jabuti)

ISBN 978-85-02-03324-5

1. Literatura infantojuvenil I. Martins Marcelo. II. Título.

CDD-028.5

Índices para catálogo sistemático:

1. Literatura infantojuvenil 028.5
2. Literatura juvenil 028.5

22ª Tiragem, 2025

Editora Saraiva

Avenida das Nações Unidas, 7221 – Pinheiros
CEP 05425-902 – São Paulo – SP – Tel.: (0xx11) 4003-3061
www.coletivoleitor.com.br
atendimento@aticascipione.com.br

CL: 810087
CAE: 571361

A Betinho,
Um grande pescador de estrelas
E a todos os outros
Que tecem redes solidárias.

PALAVRAS DA AUTORA

Quem dedica parte do seu tempo ao trabalho voluntário sente uma energia que transborda para outras áreas da vida, uma alegria que vem do coração. Como há muitas pessoas que desejam fazer um trabalho voluntário, mas não sabem quem procurar para ter mais informações, incluí nesta obra uma lista dos atuais centros de voluntariado existentes no Brasil e das instituições que colaboraram com material importante para a construção deste livro.

Quero agradecer às pessoas com quem conversei sobre projetos que inspiraram a construção de cenas e personagens de Redes solidárias*: João Paulo, filho da minha agente literária Lúcia Riff, que me falou sobre o "trote solidário"; David Hadjes, que foi um jovem voluntário e hoje dirige a Heavy Mental Creations; Áurea Alencar, do Instituto C&A; Márcia Campos, da Fundação Odebrecht; e Helda Abumanssur, do Programa Voluntário, que me forneceram um rico material sobre jovens voluntários; irmã Tereza, com quem conversei sobre o trabalho da Pastoral da Criança; Laura Olivieri, Max Freitas, Carlos Eduardo Herguert e Rodrigo Baggio, diretor do Comitê de Democratização de Informática, que já implantou mais de cem escolas em comunidades carentes no Brasil e em outros países; Rita de Cássia de Carvalho, do Projeto Curumim da Comunidade Júlio Otoni, onde conheci o jornal da comunidade feito na escola de informática, citado no texto; Heloísa Coelho, Sandra Miranda e Marcos Teobaldo, do Rio Voluntário; a equipe do Lar Espírita Maria de Nazaré, na favela da Rocinha, cujo trabalho inspirou algumas cenas do livro; Rogério Gastaldo, meu editor, que me enviou textos e me abriu contatos com programas de voluntários, e muitas outras pessoas que não dá para citar aqui que, ao longo de muitos anos de trabalho, ajudaram a construir minha crença no poder das "redes solidárias".*

1

— Ei, você aí, cuidado! Não está vendo que a tinta está fresca?

— Ih, foi mal, desculpe!

— Vocês vão consertar as carteiras quebradas aqui dentro, com esse cheiro de tinta?

— Se vocês aguentarem o barulho das marteladas, a gente aguenta o cheiro da tinta...

— Tá certo... Vamos ver se fica tudo pronto em cinco dias. As aulas vão começar na segunda-feira.

A agitação era grande. Mais de setenta pessoas trabalhando no mutirão para reconstruir a escola. Há duas semanas, Cícero, o pai de Marcão, conseguiu juntar os amigos da associação dos moradores, outros pais e alunos da escola, a diretora e alguns professores para propor a ideia do mutirão:

— Gente, não adianta ficar esperando, a prefeitura não tem verba para consertar a escola. Já consegui um desconto especial numa loja de material de construção. Madeira, tinta, um dinheirinho e a boa vontade de todos nós vão fazer desta escola um lugar agradável para nossos filhos estudarem!

Alguns se olharam com entusiasmo, outros com uma certa descrença. Todos os que conheciam as instalações sabiam que as salas estavam sujas e pichadas, com várias carteiras quebradas. Havia alguns anos a escola estava nesse abandono, ninguém cuidava, pelo contrário. Para "comemorar" o final das aulas, a turma da bagunça jogou pedras em mais alguns vidros, rabiscou carteiras e fez novas pichações.

Cícero, marceneiro dos bons, procurou Antônio, que é pintor e tem duas filhas nessa escola, para arquitetar o plano de organizar o mutirão. Para convencer um bom número de pessoas usaram um argumento decisivo: lembraram que a ideia do mutirão como ajuda individual existe há muito tempo na

comunidade, desde a época dos barracos de madeira e papelão até as casas de alvenaria. Oferecendo uma boa feijoada, um mocotó ou até mesmo frango assado com farofa, conseguiam reunir alguns vizinhos para ajudar na mão de obra das casas. “Então, por que não fazer o mesmo para a escola, a segunda casa dos nossos filhos?”, argumentou Cícero. “Entre os pobres, a solidariedade é uma questão de sobrevivência”, reforçou Antônio. “E a escola pertence à nossa comunidade; portanto, se juntarmos nossos esforços, poderemos melhorar as instalações”, completou.

Marcão, desde pequeno, gostava de acompanhar o pai nas reuniões da associação de moradores e, assim, despertou o interesse por conhecer as dificuldades da comunidade e as tentativas para resolvê-las. Quando surgiu a ideia do “mutirão pela coletividade”, logo se prontificou para recrutar os colegas. Conseguiu algumas adesões, mas encontrou muitas resistências:

— Trabalhar de graça e ainda por cima nas férias? Tá maluco, “mermão”?

— Eu sei que a escola está caindo aos pedaços há muito tempo, mas o que é que eu tenho a ver com isso?

— Não gosto mesmo de estudar... Tô mais é torcendo pra escola acabar de apodrecer...

Dona Lurdes, a diretora, teve uma ideia: como não conseguiu punir o pessoal da turma da bagunça, pois o tumulto aconteceu no último dia de aula, mandou chamá-los para participarem do mutirão:

— Ajudaram a estragar, vão ter que ajudar a consertar — disse a uma das professoras.

— É uma boa ideia, dona Lurdes, mas e depois? A escola vai ficar pintada, com as carteiras em bom estado. E se eles depredarem tudo outra vez?

— Cada vez que estragarem, vão ter que consertar. Vou começar a agir assim, acho que dá mais certo do que tirar aluno da sala de aula, suspender ou expulsar da escola.

— E se eles fizerem corpo mole, dona Lurdes? Esses meninos são danados! Na hora da bagunça, fazem tudo rapidinho, mas, e quando tiverem que consertar, como é que vai ser?

— Vamos ver, Benedita. São ideias novas que algumas escolas já estão colocando em prática: se o que fizeram de errado puder ser consertado, a consequência é essa, assumir a responsabilidade pelo conserto.

Tião e Maneco foram os que mais se revoltaram com essa convocação. Só queriam saber de aproveitar bem as férias, ver TV e jogar bola no campinho de futebol perto da praça. Estavam acostumados a levar advertência dos professores; já tinham sido retirados da sala de aula e conversado com dona Lurdes muitas vezes, até suspensão já tinham levado. A ameaça de expulsão pairava no ar, mas eles nunca a levaram a sério. Por isso mesmo, arquitetaram "a grande bagunça de comemoração das férias" no último dia de aula, com a esperança de escapar da punição. A convocação para participar do mutirão pegou os dois inteiramente de surpresa.

— Ajudar a consertar a escola?! A dona Lurdes "pirou" de vez! — disse Tião.

— Eu também não tô nem um pouco a fim de dar uma de marceneiro, "mermão", mas e se a velha ficar de marcação com a gente? — disse Maneco.

— Ah, dane-se, não tô nem aí!

Mas, mesmo assim, foram para o mutirão. Enrolaram o mais que puderam, má vontade total. No final do primeiro dia, Maneco comentou:

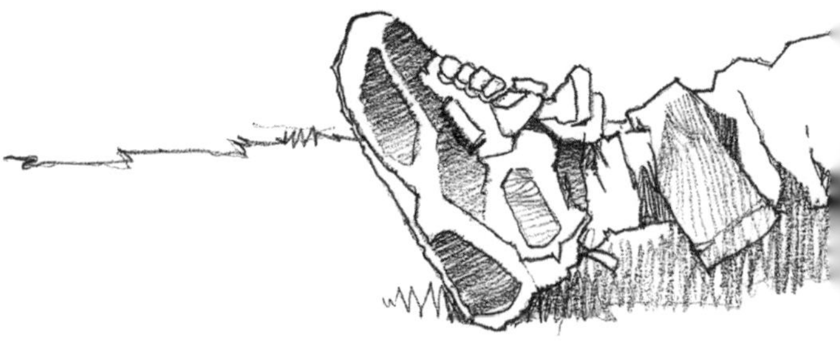

— Cara, pra quebrar é rapidinho, nunca pensei que desse tanto trabalho consertar uma carteira! Tô com a mão doendo...

2

— Que história é essa de fazer parte da comissão de trote dos calouros, Gabriel? — Heloísa arregalou os olhos, horrorizada, ouvindo o final da conversa do filho ao telefone, assim que entrou na sala.

— Calma, mãe! Vai ser um trote diferente...

— Que trote diferente? É sempre esse negócio de humilhar, agredir ou fazer os pobres coitados de bobos. Que nem fizeram com você no ano passado... Vocês sofrem tudo isso e querem se vingar dos novatos no ano seguinte...

— Mãe, não tem nada a ver o que você está dizendo! Este ano vai rolar um outro tipo de coisa. A gente inventou o "trote solidário".

— Trote solidário? Nunca ouvi falar nisso... — retrucou Heloísa, incrédula.

— Quer saber? É o seguinte: a gente organizou uma gincana com os calouros. Dividimos os oitenta em quatro grupos com várias tarefas. Uma delas é levar comida para uma igreja que cadastrou um monte de famílias de uma favela que fica perto da faculdade. A outra é que eles vão ter de criar uma peça de teatro, representar para as crianças e passar o dia brincando com a garotada, numa escola que fica ao lado da igreja.

— Ah, é? Se é assim, é uma boa ideia. Quando vai ser isso?

— No sábado que vem.

Heloísa mal acreditou quando Gabriel lhe contou que os oitenta calouros conseguiram recolher setecentos quilos de comida e alguns até se ofereceram para ajudar na distribuição. Os que fizeram o teatro se divertiram muito e ficaram emocionados vendo os olhinhos da garotada brilhando de alegria.

— Mãe, a criançada quis participar de tudo. Muitos calouros disseram que nunca tinham imaginado que a gente pode ajudar se divertindo tanto. Meus colegas, que não foram, ficaram arrependidos. Ah, se o trote da minha turma tivesse sido assim...

Daniel, o irmão de Gabriel, meteu-se na conversa:

— Muito legal, mas e daí? Depois que acabarem esses setecentos quilos de comida, vai ter muita gente com fome de novo. E as criancinhas nem sabem quando vão poder ver outro teatro ou ter um dia de brincadeiras...

— Ah, mas pelo menos esse dia valeu. E, mãe, precisava ver a escola. Toda pintadinha, bem cuidada. O pessoal me contou que foi organizado um mutirão, entre os professores, os pais e os próprios alunos.

— É esse o caminho que mais funciona. Em vez de reclamar e ficar esperando que as coisas aconteçam, as pessoas se organizam e fazem o que precisa ser feito.

Esparramado no sofá, mordendo displicentemente um sanduíche de queijo, migalhas de pão caindo no chão, Daniel olhou para a mãe e o irmão com ar de incredulidade:

— Daqui a um mês, a escola vai estar suja, pichada e com os vidros quebrados de novo. Ou vocês acham que a turma do mal gosta de ver coisa boa?

— Ih, Daniel, lá vem você com esse pessimismo...

— Não sou pessimista, sou realista. Vocês dois é que gostam de sonhar. Passa lá por essa escola no mês que vem, meu irmão, e depois me conta...

3

Dona Lurdes andava de um lado para o outro na pequena sala da diretoria, diante de uma mesa cheia de papéis em pilhas desordenadas, que só ela mesma conseguia entender. Tomou um gole de chá bem quente, respirou fundo, tentando se acalmar, ajeitou as pétalas de pano das flores de um vaso. Sentou-se pesadamente em sua cadeira e olhou para a professora que falava sobre Tião e Maneco. Desanimada e sem saber o que fazer, Benedita contava, em detalhes, o episódio da pichação da sala, bem na hora do recreio.

— Esses meninos são uns demônios, dona Lurdes! Tem jeito, não... Nem duas semanas de aula, as salas limpas e pintadas, os alunos elogiando o trabalho do mutirão, dizendo que dá mais gosto de estudar numa escola bonita e esses pestes... Os dois e mais o grupinho dos outros quatro que fazem tudo que eles mandam. Ah, quando penso no trabalho que a gente teve, varrendo, esfregando o chão, tirando a poeira e a sujeira de tudo, depois da obra, dá vontade de encher esses moleques de sopapo... Por que a senhora não expulsa logo esses maus elementos da escola?

— Calma, Benedita, não devemos desanimar. Confesso que estou danada da vida com essa história, decepcionada, para dizer a verdade. Que bobagem... cheguei a pensar que eles não teriam coragem de fazer essas coisas de novo, até porque foram obrigados a participar do mutirão. Ingenuidade minha, ninguém muda assim, de repente...

— Mas, e aí? A senhora vai fazer aquilo mesmo? Obrigá-los a pintar a parede da sala?

— É claro, Benedita. Vão acabar aprendendo. Vou pedir ao Antônio para ensinar esses meninos a pintar parede, vou ver se dá para fazer isso no sábado. Mas não podemos ficar só nisso. Acho que precisamos fazer uma nova reunião com os pais e os professores para pensar de que jeito a gente pode conservar a escola limpa e arrumada.

— E por que a gente não conversa também com os alunos? Eles podem dar boas ideias.

— É, você tem razão. Vamos organizar isso.

Uma semana depois, ainda sob o efeito do entusiasmo pelos bons resultados do mutirão, já estava organizado o lanche comunitário, numa tarde de domingo de sol, no pátio da escola. Nem Tião, nem Maneco, nem os outros da "turma da bagunça" compareceram. A professora Benedita, que estava presente no dia em que Antônio se dispôs a ir à escola ensiná-los a pintar paredes, comentou com dona Lurdes que achava que eles estavam envergonhados, com medo de virarem o centro das atenções, já que sabiam que essa reunião tinha surgido por causa do problema das novas pichações.

Alunos, pais e professores levaram doces, salgadinhos, refrigerantes e também peteca e bola de futebol. Brincaram, comeram e conversaram animadamente até a hora em que os professores arrumaram as cadeiras num grande círculo e dona Lurdes deu início à reunião, explicando seus objetivos:

— Estamos aqui reunidos para juntar as nossas ideias para que esta escola, que ficou tão bonita depois do mutirão, continue bem cuidada. Quero que, aqui, os alunos se sintam bem e com muita vontade de estudar.

Marcão, que costuma ter boas ideias e não tem a menor vergonha de falar em público, foi o primeiro a levantar o braço:

— Achei legal aquele cartaz que vocês penduraram na secretaria: "Quem estragar vai ter que consertar". Mas penso também que a escola não precisa ser um lugar só para estudar. Pode ser também um ponto de encontro para outras atividades, como a de hoje. Acho que, assim, todos os alunos poderiam gostar ainda mais da escola e cuidar bem dela.

— Mas quem coordenaria essas atividades? Quem vai cuidar da escola nos fins de semana? Os professores também têm o direito de descansar; só quem fica cuidando da casa, dos filhos e do marido é que não descansa nem sábado nem domingo — argumentou uma das mães.

— A gente pode organizar uma equipe de voluntários para ensinar várias coisas. Eu mesmo vim aqui no sábado ensinar os pichadores a pintar parede — disse Antônio.

— Para se divertir, tem o campinho de futebol e a praça — argumentou uma aluna. Acho que não precisa ocupar a escola.

— Mas acho que a escola pode ser um bom lugar para criar coisas novas. Eu, por exemplo, sempre gostei de plantar umas verdurinhas no pedacinho de terra lá no fundo da minha casa. E se a gente fizesse uma horta comunitária, aproveitando esse terreno cheio de mato, bem aqui perto? O terreno é da igreja, será que o padre não cede pra nós?

Em duas horas de reunião, as ideias foram tantas que nem dona Lurdes sabia por onde começar. Anotaram todas as sugestões cuidadosamente e combinaram marcar uma reunião com um grupo pequeno, para fazer um plano de trabalho e traçar os caminhos para concretizá-lo.

4

Daniel abriu a porta da casa e, assim que entrou, atirou a mochila na poltrona, bufando de raiva. Heloísa sentiu vontade de reclamar da bagunça na sala, mas desistiu ao sentir que Daniel a fuzilava com o olhar.

— Foi você? Foi você?

— Eu o quê, Daniel?

— Só pode, ou então foi gente do seu grupinho, dessa tal "rede de solidariedade", que saco!

— Mas o que aconteceu, Daniel? Não estou entendendo nada. Por que você está com essa raiva toda?

— Foi depois da reunião dos pais que eles vieram com essa ideia ridícula de obrigar a gente a ajudar os outros. Eu não quero!

— Como assim?

— Como assim, o quê, mãe! É isso, vieram com essa conversinha de que a gente precisa aprender uma tal de ética e cidadania na prática. Não tinha essa frescura quando o Gabriel estava na escola, agora é até essa coisa de "trote solidário" na faculdade, que o idiota achou o maior barato.

— E o que vocês vão ter que fazer?

— Ah, as escolhas são "maravilhosas"! — um sorrisinho irônico se juntou à revolta no olhar de Daniel. — A gente pode conversar com os velhinhos do asilo, brincar com as criancinhas do orfanato, ler para os cegos... Duas horas por semana, até o fim do ano, que tal?

— Não peguei o começo da conversa, mas estou achando a ideia ótima — interveio Gabriel, entrando na sala.

— Cala a boca, não estou falando com você e muito menos pedindo a sua opinião! Qual é a de vocês dois? Querem que eu me sinta um monstro de egoísmo só porque não estou a fim de ajudar os outros? Foi depois que papai morreu que começou esse negócio de "fazer caridade" aqui em casa. Aposto que o meu pai não ia entrar numa dessas. O Gabriel acha tudo isso muito bonitinho, mas eu não!

Heloísa baixou os olhos, entristecida. Suspirou fundo:

— Se seu pai tivesse conseguido superar a doença, acho que ele estaria comigo no trabalho voluntário, sim, Daniel. É certo que, antes, eu não tinha me sensibilizado para isso, mas nós recebemos tanta ajuda na época da doença do seu pai, tanta gente que foi solidária, que nos deu apoio...

Daniel ficava desconcertado quando via a mãe assim, com os olhos cheios d'água. Quase três anos sem o pai, ele também sentia falta, mas não gostava de demonstrar. Pegou a mochila em silêncio e foi para o quarto. Gabriel abraçou a mãe, deu-lhe um beijo no alto da cabeça:

— Vou levar um papo com o Daniel — disse.

— Nem sei se adianta, filho. Seu irmão anda tão revoltado, tão descrente de tudo, não sei mais o que fazer...

Gabriel encontrou o irmão deitado na cama, pernas para cima, braços cruzados sob a cabeça, olhando para o teto. Quando percebeu Gabriel se aproximando, perguntou, irritado, porém sem se mexer:

— Qual é?

— Calma, Daniel, não precisa virar bicho. Só vim levar um papo com você.

— Se é aquela conversinha de que eu tenho que me tocar e pegar leve com a mamãe, não precisa nem começar que eu já estou de saco cheio de ouvir essa chatice.

— Não é nada disso, cara. É que eu quero saber um pouco mais sobre esse trabalho voluntário que...

Daniel sentou-se na cama, interrompendo bruscamente o irmão:

— Trabalho voluntário obrigatório, dá pra entender isso? Ainda por cima, tem que fazer relatório e isso vale nota! É revoltante! Odeio essa ideia de trabalhar de graça! O que é que eu vou ganhar com isso?

— Vai ganhar a satisfação de se sentir útil, ajudando quem precisa.

— Oh, que lindo! Daniel revirou os olhos, no mais puro deboche.

— É, cara, você ainda não sacou isso, mas é o que as pessoas que entraram nessa onda do voluntariado sentem. Se você for, por exemplo, brincar com as crianças do orfanato, vai ver como elas vão ficar felizes, agradecendo tudo que você fizer...

— Criancinhas do orfanato... Órfão eu também sou, cara, e ninguém veio aqui para brincar comigo — ironizou Daniel.

— Pô, Daniel, que comparação mais idiota! A gente não tem mais pai, mas tem casa, comida, roupa, uma mãe que trabalha e a grana do seguro de vida que ele deixou. Qual é?

— Quer saber? Não entendo essa da mamãe de fazer caridade. Trabalha pra burro e ainda perde as manhãs de sábado para conversar com aquelas mulheres, de graça. Quer dizer, de graça nada, porque gasta em passagem de ônibus para ir até lá, no tal do centro comunitário. Paga pra trabalhar, onde é que já se viu isso...

— Daniel, em primeiro lugar, isso não é fazer caridade. A mamãe desenvolve um projeto social com as mulheres da comunidade.

— E qual a diferença? De vez em quando, ela me obriga a fazer uma limpa no armário, pega as roupas que eu não quero mais e leva lá pro tal lar espírita que dá pros pobres. Isso não é fazer caridade?

— Isso é, mas ela só faz isso de vez em quando. Nos sábados, ela trabalha com capacitação das mulheres artesãs.

— E não faz caridade pras pobrezinhas?

— Não, Daniel. Lá, ela ajuda as mulheres a se organizarem como cooperativa para vender o que elas produzem e se tornarem independentes. Aproveita a experiência de trabalho como administradora de empresa para ensinar as mulheres da favela a gerenciar os próprios negócios.

— Ah, que emocionante... — Daniel continuou ironizando. Eu prefiro passar as manhãs de sábado dormindo ou jogando no computador.

— Por falar em computador, cara, vou começar a usar minhas manhãs de sábado trabalhando como voluntário numa escola de informática naquela favela onde foi feita a gincana do trote solidário.

— Computadores na favela? Que ideia mais doida! Pobre precisa de comida, não de computador.

— Ih, cara, você está muito enganado. Desde que esse projeto começou, não para de crescer, sempre pinta um monte de gente se inscrevendo para fazer o curso. Mas, e aí, quer ir até lá comigo, no sábado que vem?

Daniel soltou uma gargalhada debochada.

— Não me faça rir, meu irmão! Tá me achando com cara de otário? Além das duas horas de "trabalho voluntário obrigatório", você ainda ousa me chamar para trabalhar de graça no sábado de manhã? É ruim, hein...

— Tô de sacanagem, cara. É claro que eu sabia que você não ia topar...

— Mas, olha aí, ficar sozinho em casa nas manhãs de sábado, sem vocês dois me pentelhando, vai ser o máximo!

5

Gabriel chegou à faculdade com a camisa molhada de suor, irritado com as pessoas que cismam de caminhar na ciclovia, em vez de usar a calçada dos pedestres. Lembrou-se do tombo da semana passada, "atropelado" por um homem gordo que esbarrou nele, fazendo-o cair e ralar o joelho. Logo em seguida, viu Mônica chegando, procurando um lugar na sombra para deixar a bicicleta.

— Oi, Mônica, vem pra cá, tem um lugar aqui bem perto da minha.

— Mas aí vai ficar com sol até sei lá que horas e hoje eu só vou ter aula até às dez. E você?

— Até o meio-dia. Depois, vou pegar a Marquês até lá em cima e visitar uma escola de informática na favela.

— Ih, que legal! O que você vai fazer lá?

Enquanto caminhavam até as salas de aula, Gabriel explicou a Mônica que o centro de informática organizou escolas em mais de cem favelas em vários estados do Brasil com o objetivo de ensinar informática e cidadania para jovens carentes.

— Achei um barato essa ideia, Mônica. As pessoas carentes precisam abrir caminhos de trabalho.

— E isso é coisa do governo?

— Não, é iniciativa de uma ONG.

— ONG? Desculpe a ignorância, Gabriel, mas o que é isso?

— "Organização não governamental", Mônica. São pessoas que se organizam em torno de um projeto e tomam a iniciativa de realizá-lo. Acho até que eles têm parceria com projetos do governo, mas não sei de maiores detalhes. Hoje, vai ser minha primeira visita por lá.

— Depois você me conta, acho legal você estar nessa onda. Tchau, um beijo...

Despediram-se na porta da sala de Gabriel, que ainda

ficou olhando Mônica andar pelo corredor, até ela entrar na sala. Baixinha, cabelos cortados na altura do pescoço, bermuda justa mostrando as pernas bem torneadas, o andar gracioso, balançando levemente os quadris. "É muito linda, mesmo", suspirou Gabriel. Só então percebeu que o professor já tinha começado a falar, apressou-se a entrar, mas custou a prestar atenção na aula, a pergunta de sempre martelando na cabeça: "Será que a Mônica está a fim de mim ou é só amizade?".

Sol de meio-dia, a bicicleta fervendo, Gabriel saiu da faculdade, começou a pedalar pela rua, subiu a ladeira e, finalmente, de novo com a camisa suada, chegou ao local indicado: um estacionamento ao lado de uma barraca de verduras, no começo de uma curva bem fechada. Era por ali que deveria entrar numa das muitas ruelas, perguntando a um e a outro onde fica a escola de informática. Passou a corrente do cadeado da bicicleta pelo tronco de uma árvore dentro do estacionamento, lembrando-se de Daniel, que o critica por não ligar a mínima para dirigir.

"Melhor do que ficar preso no trânsito, parado na fila do estacionamento ou procurando vaga que nem louco no meio da rua" — pensou. Foi observando atentamente o que via pelo caminho, entre casas e vários pequenos lugares de comércio: o açougue N. S. de Fátima, com as carnes penduradas nos ganchos e as galinhas com pescoço e pés; o Cantinho de Iemanjá anunciando jogo de búzios e leitura de cartas, além de trabalhos prometendo "trazer a pessoa amada em três dias"; a Drogaria Minimax; um bar com mesa de bilhar e máquinas velhas de fliperama; um fogão velho encostado na parede de uma casa, com uma tabuleta de "vende-se"; galinhas, gatos e cães pelas ruelas; pequenas mercearias, quitandas com frutas e verduras, lojinhas vendendo roupas e sapatos; surpreendeu-se ao ver uma "pastelaria 24 horas"; no vaivém das pessoas, alguns carregadores com carrinhos de mão, transportando bebidas, sacos de cimento, tijolos e outras coisas pelas ruelas.

Finalmente, chegou à escola de informática, onde foi recebido por Marcão, que tinha começado a frequentar as aulas com 14 anos e agora, aos 16, trabalha como voluntário dando aula para os principiantes. Muito comunicativo, foi logo apresentando Gabriel às duas moças que trabalham na secretaria e mostrando a sala dos micros, onde as aulas acontecem, em vários horários.

— Os jovens que querem fazer os cursos de informática só são aceitos se estiverem frequentando a escola.

— E você, Marcão, estuda onde? — Gabriel se interessou em saber.

— Numa escola que fica ao lado da igreja.

— É mesmo? Que coincidência! Passei um dia inteiro lá, brincando com as crianças, há uns dois meses.

— Ah, ouvi falar. Foi a turma do "trote solidário", não foi?

— Isso mesmo!

— Cara, as crianças adoraram! Conheço duas meninas da primeira série, minhas vizinhas, que passaram um tempão falando nisso.

— Pra gente também foi muito divertido. E a escola estava super bem cuidada. Fiquei sabendo que vocês fizeram um mutirão.

— Isso. Foi o meu pai que começou a organizar o movimento. Ele é marceneiro, sabe, aí falou com o Antônio, que é pintor, mais um monte de gente e rolou a coisa. Agora, estamos fazendo um projeto de horta comunitária.

— Horta comunitária? Como surgiu esse projeto?

— Foi a partir de um probleminha, depois do mutirão. A escola pintadinha e os pichadores atacaram de novo. Aí a diretora e mais algumas pessoas organizaram um lanche comunitário para pensar em novos projetos de ação coletiva e foi assim que surgiu a ideia da horta comunitária, que vai ensinar aos alunos interessados noções básicas de cultivo de alimentos.

— Nossa, que ideia legal...

— Mas não posso continuar a falar nisso, senão me empolgo e aí a gente não vai ter tempo de conversar sobre a escola de informática, pois daqui a meia hora vou ter que dar aula. Aí vou deixar você com a Elisa, que é a coordenadora; ela vai explicar o resto, tá bom?

Marcão contou que vários jovens, como ele, estavam trabalhando como voluntários e fazendo cursos avançados, até na área de *Web design*. Alguns já tinham até conseguido emprego nas empresas que apoiam o projeto ou como instrutores da própria escola de informática. Gabriel ficou impressionado: era uma gigantesca rede solidária, em rápida expansão, fazendo uma enorme diferença na vida de milhares de jovens. Estavam até inaugurando essas escolas de informática para grupos especiais: deficientes físicos, cegos, até presidiários. O entusiasmo de Marcão era contagiante e Gabriel se interessou em saber como ele tomou conhecimento desse trabalho e resolveu começar o curso básico.

— Pois é, Gabriel, eu estava naquela, né? Estudando, vendo TV, jogando bola no tempo livre e sonhando em ter um computador. Só sonho, né? Meu pai é um ótimo marceneiro, trabalha muito, minha mãe é costureira, também tem muito trabalho, mas o dinheiro nunca deu pra comprar um computador. Eu não sabia bem o que eu ia fazer da vida. Meu pai ficou muito chateado porque eu não me interessei pela marcenaria, vive reclamando que não sabe o que vai acontecer com essa profissão, porque os filhos dos marceneiros que ele conhece não estão nem aí para aprender a mexer com madeira...

— É mesmo, Marcão? Mas de marceneiro a gente sempre precisa...

— Pois é, mas sei lá, eu nunca quis.

— Mas, e aí?

— Aí, quando eu comecei as aulas aqui, eu me encontrei. É isso mesmo que eu quero, trabalhar com informática. Gostei demais, me esforcei e me destaquei como um dos melhores alunos. Atualmente, faço curso para construir *homepages* e tudo que eu aprendo aplico aqui, na prática. Quero fazer faculdade de informática, mas não sei se vou conseguir.

— E por que não, Marcão? Se você quer tanto...

— É que eu estudo em escola pública, né, Gabriel? Embora a minha escola seja de bom nível, é difícil competir com os alunos das boas escolas particulares, com os cursinhos de pré-vestibular, principalmente para as faculdades públicas, onde a concorrência é maior...

Gabriel se sentiu constrangido de ouvir o que Marcão lhe contava. Só então se deu conta dos privilégios que sempre teve: estudou em ótimos colégios, frequenta uma das melhores faculdades particulares, fez cursos de inglês, informática, natação e tantos outros, tudo pago com o dinheiro do trabalho dos pais. Tem computador em casa, com impressora colorida, CD-ROM e uma boa placa de som há muito tempo. Navega na Internet com a maior facilidade, entra nas salas de conversa e se comunica por *e-mail* com todos os seus amigos. Mesmo depois que o pai morreu, embora o padrão de vida tivesse caído, a mãe nunca cortou despesas com educação, que considera prioridade absoluta.

— O diabo é que a gente vive num país em que as oportunidades são desiguais demais, né, Marcão? Outro dia, minha mãe me mostrou um artigo de jornal sobre isso. Dizia que o Brasil não é um país pobre, é um país injusto e que, se houvesse uma consciência maior das pessoas e dos governantes, haveria muito mais investimento em saúde e educação, aumentando as oportunidades para todos.

— É, a gente ainda está longe disso... Mas, de qualquer forma, um trabalho como esse da escola de informática ajuda muita gente a encontrar um caminho de vida. Ajuda a sonhar, a realizar outras coisas, senão, a atração de trabalhar para o tráfico de drogas fica muito forte.

— Pois é, dinheiro fácil e vida curta, né?

— É, e eu nunca pensei em viver perigosamente. Tô fora dessa. Ih, Gabriel, daqui a cinco minutos vou ter que dar aula, deixa eu apresentar você para a Elisa, ela já deve ter chegado.

— E a horta comunitária?

— Não disse que não ia dar tempo de conversar sobre isso? Mas, se você quiser, podemos marcar um dia para você ir lá. Eu estudo até o meio-dia, depois almoço e venho direto para cá.

6

O dia amanheceu encoberto, com jeito de chuva. Seu Zé Rodrigues, com a enxada na mão, explicava a cinco alunos como preparar um novo canteiro, para receber as sementes de alface. Os primeiros meses da horta comunitária já estavam apresentando bons resultados. Com os canteiros bem preparados, a terra adubada, a distribuição correta das sementes, já se podiam ver os pés de alface bem verdinhos, as couves, as folhas das cenouras e beterrabas, que se insinuavam no solo, os repolhos que pareciam flores gigantes, brócolis, couve-flor e alguns tomateiros. Ao longo dos muros, já se espalhavam alguns pés de abóbora. Dentro de pouco tempo, daria para preparar deliciosas saladas e sopas com tudo aquilo.

No terreno, ainda havia espaço para mais uns trinta canteiros, mas o grupo ainda não tinha decidido se expandiriam a horta ou se aproveitariam esse espaço para começar um pomar. Alguém estava tentando fazer contato com um horto para conseguir doações de mudas de laranjeiras e limoeiros. Pensava-se também plantar melancia e maracujá. Saladas, sopas e sucos combinados.

Seu Zé Rodrigues torcia pela ideia do pomar. Aposentado e frequentador da igreja, ofereceu-se para cuidar da horta pelas manhãs e ensinar aos alunos do turno da tarde que se apresentaram como voluntários a preparar os canteiros e a fazer crescer verduras e legumes sem agrotóxicos. Os canteiros já davam bastante trabalho, ele não queria ficar na horta o dia inteiro preparando mais trinta e treinando outra meia dúzia de alunos.

Já estavam colocando as primeiras sementes na terra, quando chegaram dona Lurdes e o padre Jorge.

— Bom dia, seu Zé Rodrigues. Que beleza está isso aqui, a cada semana dá para sentir a diferença!

— Um bom dia para vocês também. Os alunos estão ajudando bastante e aprendendo tudo que eu tenho para ensinar...

— O que não é pouca coisa — disse padre Jorge. — O senhor passou muitos anos no campo, pode ensinar aos jovens como cultivar os alimentos.

Dona Lurdes e padre Jorge estavam esperando a irmã Ângela, da Pastoral. Quando a igreja cedeu o terreno para a horta comunitária, propôs uma parceria com a escola e a Pastoral. Os alunos aprenderiam a cultivar hortaliças, e a reunião dos três foi marcada para decidirem o que fariam com a produção.

Irmã Ângela chegou com quase meia hora de atraso:

— Dona Lurdes, padre Jorge, desculpem-me por fazer vocês esperarem tanto tempo, mas tive que prolongar a reunião com os líderes comunitários. São muitos os casos de violência nas famílias que eles visitam, casos terríveis, o pessoal do Conselho Tutelar não dá conta de atender todo mundo...

— É, irmã Ângela, não é fácil. Violência dentro e fora das casas, não sei aonde vamos parar com isso. Na escola, também, vemos muitos casos, encaminhamos para o Conselho Tutelar, mas antes chamamos os pais, explicamos que precisam aprender maneiras de educar os filhos sem bater e sem xingar, mas muitos deles não conseguem mudar...

— Bom, gente, vamos pensar no que fazer com a produção da horta — propôs padre Jorge.

— Já consegui algumas voluntárias para utilizar a cozinha do salão paroquial. Se conseguirmos uma doação regular de feijão, arroz e carne, poderemos organizar um almoço para os mais carentes — disse irmã Ângela.

— Já que estamos numa parceria com a escola, poderíamos escolher as crianças mais necessitadas para almoçar aqui antes de irem para casa. Há algumas que comem tão mal que dá até pena...

— Dona Lurdes, por falar em parceria, que tal abrirmos inscrições para os alunos que queiram colaborar para preparar e servir as refeições? Parece que essas voluntárias da irmã Ângela cozinham muito bem, dá para ensinar aos alunos.

— É uma boa ideia, padre Jorge. Alguns alunos têm mostrado interesse em trabalhar como voluntários, quero ampliar isso.

— Mas a igreja também não tem muitas famílias carentes cadastradas, padre Jorge?

— Tem, sim, irmã Ângela. Acho que a gente vai ter que fazer uma boa seleção. A horta não vai produzir alimentos para tanta gente assim. Vamos começar atendendo a um pequeno grupo, depois veremos.

— Outra ideia é que, com o tempo, os alunos que agora estão aprendendo a fazer horta passem a ensinar outras pessoas, e aí, quem sabe, as famílias aproveitam melhor o quintal ou até organizam outras hortas e outras cozinhas comunitárias.

— Isso mesmo, dona Lurdes! Os olhos da irmã Ângela brilharam de entusiasmo. Nós precisamos ajudar as comunidades carentes a se organizarem para produzir, aprender novas habilidades, aumentar fontes de renda. Não dá mais para ficar só fazendo caridade, não adianta só dar o peixe, precisamos ensinar a pescar. E aprender com eles também. Eles têm muito a nos ensinar.

— Principalmente como ter força para lutar pela vida com tantas dificuldades — arrematou dona Lurdes, pensando nas centenas de histórias de sofrimentos e obstáculos que escuta dos alunos e dos próprios pais quando são chamados para as reuniões.

7

— Gabriel e Daniel, vamos arrumar a mesa para jantar?

— Vamos lá, mãe. Deixa eu preparar a salada, com uma receita de molho que a Mônica me deu.

— Humm, a Mônica gosta de cozinhar?

— Não, mas ela me falou desse molho de salada que a empregada faz, daí eu pedi a receita.

— E aí, como andam as coisas entre vocês dois?

— Ah, não andam nem desandam. Não consigo chegar a uma conclusão se é amor ou amizade.

— Por que não pergunta direto, cara? Fica de bobeira, aí vem outro e passa na frente...

— Pô, Daniel, perguntar direto não dá, né? E se ela disser que é só amizade e aí ficar de pé atrás comigo?

— Ah, sei lá, se fosse eu, perguntava.

— Não quero queimar meu filme.

— Aí corre o risco de perder a chance...

As amigas de Heloísa vivem perguntando como ela conseguiu criar dois filhos que participam das tarefas da casa, até mesmo Daniel, que se rebela com tantas outras coisas. Sentaram os três, a mesa posta, salada, peito de frango grelhado, cenoura refogada, feijão, arroz e suco de goiaba.

— E aí, filho? Cansou muito subir aquela ladeira de bicicleta?

— Não muito, o pior foi o sol, calor demais. Cheguei com a camisa toda molhada.

— De bicicleta até a favela? Deu mole, meu irmão. Foi muita sorte não ter descido a ladeira a pé — ironizou Daniel.

— Qual é, Daniel? Tá pensando que na favela só tem marginal? — retrucou Gabriel, irritado.

— Na favela, quem não é ladrão é traficante.

— Que horror, meu filho! Isso é preconceito, achar que na favela só tem gente no mau caminho.

— Quem é honesto não mora num lugar desses.

— O que é isso, Daniel? Onde você acha que mora a nossa empregada? E o marido, e os filhos? Numa favela! Eles e outros milhares de trabalhadores, gente boa, esforçada, de confiança.

— Eu já fui à cooperativa das artesãs, onde mamãe trabalha, já andei pela favela com ela. Conheci muita gente, você nunca foi, não tem nada a ver o que você está dizendo. Em todo lugar existe gente boa e gente ruim.

— Ai, chega! Não aguento mais vocês dois unidos contra mim. Sempre eu, o errado desta casa. Já estou cheio disso! Tchau!

Daniel empurrou o prato, ainda com a metade da comida, levantou-se enfurecido e se trancou no quarto.

Gabriel olhou para a mãe e já ia levantar-se para falar com o irmão, mas Heloísa pediu que ele ficasse.

— Deixa, Gabriel. É melhor o Daniel ficar sozinho, pensando por conta própria. É uma pena ele ter saído no meio do jantar. Queria saber como foi a primeira visita dele no orfanato.

— Ele me contou alguma coisa. Dividiram o grupo em pares para brincar com as crianças e a única coisa interessante foi a menina que fez par com ele. "Uma gata", disse ele. Ela ficou brincando com as criancinhas, e ele olhando para ela, fingindo participar.

— Menos mal que ele teve um bom estímulo. Quem sabe por aí ele se anima — suspirou Heloísa.

— O Daniel, mãe? Sei lá, acho difícil ele se contaminar com o "vírus da solidariedade". Mas e aí? E o seu trabalho com as artesãs? Elas conseguiram colocar a produção de velas em alguma loja?

— Conseguiram. Duas lojas fizeram propostas tão ridículas que nem dava para cobrir os custos da produção. Fecharam negócio com uma cadeia de lojas de produtos naturais que vendem velas aromatizadas. São mais de vinte lojas. Elas vão ter que produzir muito.

— Puxa, que legal!

— É muito bom ver isso, Gabriel. Algumas dessas mulheres estavam tão sem esperança, numa situação tão ruim... Agora produzem, aprenderam a negociar, não se deixam explorar, sentem-se mais seguras, mais valorizadas. E você, já combinou com o Marcão para ver a horta comunitária?

— Já, vou lá na quinta-feira. Ele me contou que, agora, o pessoal vai até organizar aulas de culinária numa cozinha comunitária.

— Que beleza! É assim mesmo: esses trabalhos começam pequeninos, depois vão crescendo, se expandindo, tornando um monte de pessoas mais capazes, mais preparadas para encarar a vida.

8

Natália, desde pequena, gostava de ajudar a mãe na minúscula cozinha da pequena casa em que moram, enrolando os docinhos e ajudando a enfeitar as tortas de encomenda. Quando Antônio, seu pai, lhe falou sobre o projeto da cozinha comunitária, ficou animadíssima, se ofereceu como voluntária e, como precisavam de mais três pessoas para ajudar a descascar os legumes para a sopa, concordou em passar pelas salas para recrutar pessoal.

Pediu licença à professora Benedita, que, nesse momento, dava aula de Português para a turma de Tião e de Maneco. Mal começou a falar sobre o projeto de trabalho, a turma da bagunça começou a assoviar e a falar gracinhas:

— Se uma belezoca como você ficar dando sopa, eu quero!

— E aí, vai ter pepino e abacaxi pra descascar também?

— Trabalhar de graça? Nem na minha casa!

— Por que os pobrezinhos não vão para a cozinha fazer a comida?

Benedita pediu silêncio, mas não foi atendida. Natália baixou os olhos, constrangida. Disse um "então tá legal, gente" tão baixinho que ninguém escutou, agradeceu à professora e saiu para beber água, respirando fundo até criar coragem para falar em outra sala, na tentativa de conseguir adesões.

Algumas semanas mais tarde, na secretaria da igreja, era grande o movimento para selecionar as primeiras famílias que receberiam o almoço. As crianças escolhidas pela escola já tinham sido encaminhadas. Algumas agentes comunitárias da Pastoral ajudavam a organizar as doações que chegaram: sacos de batata, repolhos, uma caixa de tomates, macarrão, arroz, feijão. A horta comunitária começou também a produzir couve, alface e beterraba.

A mãe de Natália, apesar de muito ocupada com as encomendas de doces e salgados, se ofereceu para dar um curso de docinhos de festa, mas padre Jorge preferiu deixar os cursos para depois, alegando que a organização da cozinha comunitária ainda estava muito confusa, não dava para começar tanta coisa ao mesmo tempo.

No dia do primeiro almoço, o céu estava totalmente cinzento e chovia fininho. Seu Zé Rodrigues entrou na cozinha comunitária com um sorriso luminoso, feliz com a colheita da horta: pés de couve e de alface bem verdinhos, molhados de chuva:

— Pronto, gente, vocês já podem colocar a couve na sopa e fazer uma bela salada com essas alfaces. Sintam só o cheirinho da verdura que acabou de sair da terra, que delícia! As que a gente compra nos mercados não têm cheiro de nada!

Natália abraçou seu Zé Rodrigues, emocionada:

— Parabéns, seu Zé, essa horta está fazendo a alegria de muita gente!

Seu Zé Rodrigues sorriu, feliz. Desde que tinha se oferecido para organizar a horta, sentia-se melhor de saúde, agora já não tinha tanto tempo livre para prestar atenção numa dorzinha na perna, no braço, na cabeça. Estava até bebendo menos, a garrafa de cachaça, que durava dois dias, ainda estava pela metade, com duas semanas. Como aposentado, queixava-se de que um dia era igual aos outros, naquela mesmice entediante. Agora, sentia-se útil, vendo a horta se desenvolver e os alunos aprendendo com ele.

— Bom, gente, já está tudo entregue, agora tenho que voltar lá pra horta, que meus ajudantes estão me esperando.

Pouco antes do meio-dia, começaram a chegar as primeiras famílias. Natália deixou uma outra ajudante cuidando das folhas de alface e dos tomates e foi organizar a fila, antes de abrir

o salão, onde arrumaram grandes mesas e bancos para receber o pessoal para o almoço. Ainda chovia fininho e Natália se apressou a abrir a porta, para não deixar as pessoas esperando na chuva. Um menino magrinho, de grandes olhos escuros, com a metade da cabeça raspada, empurrou outro garoto que estava na frente, para entrar primeiro. A mãe puxou-o pela camisa e lhe deu um beliscão:

— Fica quieto aí, idiota!

O menino se encolheu de susto:

— Tô com fome, mãe! — falou baixinho, quase chorando.

A mãe olhou para ele com raiva:

— Que diabo, esse menino nasceu só pra infernizar minha vida!

Natália sentiu muita pena do garotinho e uma vontade enorme de dizer à mãe que ela não tinha o direito de maltratá-lo assim, mas se conteve. Aproximou-se para afagar a cabeça do menino, que olhou para ela assustado, como se esperasse receber um tapa, em vez de carinho.

Eram 43 pessoas naquela primeira refeição. Por enquanto, não poderiam passar de cinquenta, até conseguirem organizar melhor a equipe de voluntários na cozinha e garantir a continuidade das doações de alimento. Padre Jorge reforçava os pedidos nas missas de domingo e também continuava a conversar com dona Lurdes e irmã Ângela, tentando organizar um projeto de capacitação para desenvolver habilidades que permitissem criar trabalho e fontes de renda para os mais carentes. Não queria ficar só nas "ações de emergência", tipo dar comida para quem está com fome, roupas e cobertores arrecadados nas campanhas de fraternidade.

Natália, atarefada em servir a comida e recolher os pratos de quem já havia terminado, não deixava de observar a mãe e o garotinho, que devorou a sopa e o prato com feijão, arroz e macarrão, mas não quis comer a salada.

— Come, peste, come tudo que tu sabe que lá em casa não tem comida, o vagabundo do teu pai não quer nem saber de arrumar trabalho!

Mas o menino não queria nem olhar para a salada. Impaciente, a mãe pegou uma folha de alface, enrolou-a, abriu a boca do menino à força:

— Já disse pra tu comer, seu idiota, quer levar uma surra aqui mesmo?

O menino mastigou a alface chorando, humilhado, sob o olhar das outras pessoas da mesa. Natália, não conseguindo mais se conter, foi falar com irmã Ângela.

— Filha, a gente trabalha com esse problema com um monte de famílias. Uma equipe da Pastoral até criou uma cartilha para ajudar os pais a educar os filhos sem violência.

— Mas, e aí, irmã? As crianças sofrem, ficam traumatizadas.

— É verdade, minha filha. Às vezes, os pais estão desesperados com a falta de dinheiro, com o desemprego, acabam descarregando a raiva e a frustração nos filhos. Os casos mais graves a gente trabalha com o Conselho Tutelar.

— Lá em casa, papai é pintor e mamãe faz comida pra fora. Às vezes, o dinheiro fica apertado, mas eles não costumam perder a paciência nem comigo nem com minha irmã.

— Que bom, Natália. É claro que há muita gente pobre que trata os filhos com carinho, e gente rica que bate, xinga e não liga a mínima para as crianças. A violência dentro da família existe em todas as classes sociais. Mas fique sossegada: vou procurar saber onde mora essa família e falar com a agente comunitária da área para conversar com eles.

Semanas mais tarde, Natália sentiu-se mais aliviada, percebendo que o garotinho já estava sendo tratado pela mãe de modo menos rude. A irmã Ângela contou a Natália detalhes sobre o trabalho da agente comunitária que foi conversar com a família, esclarecendo à mãe que xingar e humilhar a criança é violência emocional, assim como espancar é violência física, e os filhos têm o direito de ser tratados com carinho e respeito. No final da conversa, contou irmã Ângela, a mãe do garotinho chorou muito, lembrando que ela também tinha sido tratada com grosseria pela própria mãe, tinha sofrido muito com isso, cresceu triste e revoltada e, no fim das contas, estava repetindo a mesma história com seu filho.

9

Heloísa tinha esquecido de colocar o despertador para as sete e meia. Acordou em cima da hora, tomou uma chuveirada rápida, escovou os dentes, só teve tempo de beber um copo de leite. Gabriel e Daniel ainda estavam dormindo, sábado não é dia de acordar cedo, só ela, que gosta tanto de trabalhar na cooperativa das artesãs, não se incomoda com isso, exceto nos dias de chuva e frio, quando sonha em ficar até tarde debaixo das cobertas.

Enquanto guardava o leite, deu uma rápida olhada na geladeira. Ainda tinha uma boa sobra de bolo de batata com carne moída, precisaria só refogar a vagem que a empregada já tinha cozinhado. Assim, estaria resolvido o almoço de sábado. No domingo, iria à feira, compraria um peixe para assar e faria couve-flor gratinada para acompanhar. "Ainda bem que os meninos gostam de legumes", pensou.

Pegou o ônibus, preocupada. Aumentara a produção das velas artesanais e também dos panos de prato e jogos americanos pintados à mão. As encomendas das lojas estavam crescendo, mas isso não trazia só alegria. O clima na cooperativa estava tenso, as duas artesãs que tinham maior liderança divergiam em alguns pontos e o grupo não conseguia chegar a um acordo. Era evidente a competição, a disputa pelo poder, a busca de aliados para um lado e outro. Heloísa temia que esse conflito se tornasse tão intenso que acabaria dividindo o grupo, colocando em risco a própria cooperativa.

A reunião estava marcada para as dez horas, mas Heloísa quis chegar um pouco antes, a fim de acompanhar os trabalhos e conversar com algumas artesãs, para sentir qual a melhor maneira de conduzir a reunião e encontrar saídas para resolver as diferenças.

O dia estava abafado e fazia calor dentro da sala em que o pessoal trabalhava, apesar de os ventiladores de teto estarem ligados. A cera já estava sendo derretida para preparar velas de canela e outro grupo estava ocupado com a pintura de uma nova série de jogos americanos, combinando flores e frutas.

— Gente, as cores estão lindas. Se a produção não estivesse toda vendida, eu ia querer comprar vários, para mim e para dar de presente de Natal.

— Ih, dona Heloísa, a gente não está dando conta de tantos pedidos. Acho que vamos ter que treinar mais gente para trabalhar conosco.

— De jeito nenhum! Retrucou uma outra. Já somos quinze, acho gente até demais. E se os pedidos diminuírem no mês que vem, como vai ser? Vai dar uma miséria de dinheiro para cada uma, fazer o quê, com tão pouco?

Daí começou a discussão. Umas achando que já estavam trabalhando mais do que outras e ganhando a mesma coisa; outras dizendo que não poderiam aumentar as horas de trabalho porque tinham os filhos pequenos e muitas tarefas dentro de casa.

— As lojas estão cobrando uma nota pelas velas e pagam uma merrequinha de nada pra gente — disse uma delas, revoltada.

— É... de que adianta ter tanto trabalho? A gente não deve aceitar o preço que eles querem impor! Só eles é que lucram e a gente se dá mal, como sempre!

Heloísa percebeu que não ia ser nada fácil coordenar essa reunião. Mas, por outro lado, ficou contente de ver essas mulheres ousando dizer o que pensavam, batalhando por melhores condições. Antes da cooperativa, a maioria não tinha um trabalho qualificado, se encolhiam, submissas, desvalorizadas, dependentes de companheiros que as abandonavam ou as maltratavam. Quantas mudanças, em apenas três anos de cooperativa...

Chegou em casa na hora do almoço, exausta, mas satisfeita. A duras penas, tinham conseguido chegar a alguns acordos.

Jogou-se no sofá, onde estavam Daniel e Gabriel vendo desenhos animados na TV, num raro momento em que os dois escolhiam o mesmo canal.

— Estou morta de fome, e vocês?

— Idem — respondeu Daniel.

— Quando acabar o desenho, vamos comer? Vou esquentar o bolo de batata e refogar a vagem, enquanto vocês arrumam a mesa.

Durante o almoço, Heloísa contou como tinha sido a reunião. Daniel ouviu com interesse, estava em dia de bom humor.

— Mãe, esse lance de competição é muito incrível. O grupo que conversa com os velhinhos do asilo resolveu fazer uns cartazes com frases e fotos para enfeitar o ambiente. Precisava ver o que aconteceu! Duas garotas quase saíram no tapa, disputando qual o cartaz que ia ficar na entrada; outra tinha feito cinco, em vez dos dois que foi o combinado para cada uma, e queria colocar todos, tirando os das outras. Nunca vi tamanha babaquice!

— É, as pessoas são assim mesmo, né? Colaboram, competem, tudo ao mesmo tempo.

— E aí, Daniel, como está a gata que faz par com você brincando com as criancinhas? É só ela que brinca e você continua olhando? — provocou Gabriel.

— Agora eu já me animei um pouco — respondeu Daniel meio sem graça, sem querer dar o braço a torcer.

— Não acredito! Do que você brinca?

— Ah, ajudo a garotada a desenhar, chuto uma bola com eles... Um dia, um gurizinho de cinco anos me ensinou a fazer pipa.

— Que legal! Nem eu nem seu pai sabíamos fazer pipas e aí vocês acabaram não aprendendo.

— Nunca é tarde... quando eu vou lá para a escola de informática, sempre vejo os molequinhos se divertindo soltando pipa. Bem que eu queria aprender também.

— Por falar nisso, você não deveria ter ido lá, hoje? Que

nem a mamãe, os abnegados das manhãs de sábado... — agora foi a vez de Daniel provocar.

— Cara, você não se tocou que eu troquei para sexta à tarde há duas semanas?

— É, bem que eu senti falta da minha solidão nesta casa nas manhãs de sábado — Daniel brincou, com tom dramático.

— Ai, que peninha! Pois é, cara, deu azar. O Marcão me pediu para dar uma força na sexta à tarde, queriam começar uma turma nova e estavam sem instrutor. Melhor: posso dormir até tarde no sábado.

10

Benedita cruzou com dona Lurdes no pátio da escola.

— Ai, que bom encontrar a senhora aqui! Estou muito preocupada...

— O que aconteceu desta vez?

— Ah... — Suspirou Benedita, o rosto com expressão de cansaço e desânimo. — Quando a gente pensa que o problema já foi resolvido, aparece de novo! Vários meses de baguncinha normal, mas hoje de manhã, quando cheguei na sala, percebi uma pichação pequenininha, bem no fundo da sala, no canto da parede. Esses meninos estão querendo nos provocar, dona Lurdes!

— Está com tempo livre agora, Benedita? Vamos lá para a sala conversar.

Dona Lurdes abriu uma gaveta e pegou uma pasta cheia de recortes de jornal.

— Você sabe, ontem eu me lembrei muito dos nossos pichadores. Veja só essa matéria que saiu no jornal: um rapaz americano, que vivia pichando muros e monumentos, se metia em confusão até com os policiais, acabou virando artista plástico. As pinturas dele agora estão nas galerias de arte, veja só.

— Cruzes, dona Lurdes, as pinturas desse moço parecem pichação do mesmo jeito, só que agora valem dinheiro... Eu, hein, como é que ele conseguiu isso?

— Oportunidades, Benedita. Ele teve a chance de entrar numa aula de artes e descobriram que o rapaz tinha talento. Ele aproveitou a temática das pichações, dos protestos sociais, aprendeu novas técnicas, pinta telas enormes, está fazendo o maior sucesso.

— Que coisa incrível... Mas, dona Lurdes, e se esses meninos continuarem provocando a gente com essas pichações? O que é que a senhora vai fazer? Comprar pincéis e telas para eles fazerem quadros? Ou mandar esses baderneiros pintarem a parede de novo?

— Sabe de quem estou me lembrando agora? Do meu netinho. Ele tem três anos e adora rabiscar as paredes da casa. Os pais não deixam, é claro, mas ele insiste. Na semana passada, meu genro forrou uma das paredes do quarto do Pedrinho com fórmica, agora ele pode rabiscar e usar tinta à vontade. Minha filha me contou que ele está radiante.

— E o que isso tem a ver com o nosso caso, dona Lurdes?

— Ora, Benedita. Já pensou se a gente transforma um dos muros da nossa escola num painel de arte? Podemos até fazer um concurso...

— Nossa, dona Lurdes, a senhora tem tido cada ideia ultimamente...

— É que eu tenho lido muita coisa sobre projetos que estão dando certo na recuperação de jovens problemáticos. Uma das medidas que dão certo é essa história das consequências, que a gente já está colocando em prática.

— "Estragou, tem que consertar."

— Isso. A outra coisa que funciona é tentar descobrir os talentos de cada um, para que eles se destaquem fazendo coisas interessantes, em vez de fazerem besteira.

— E a senhora acha que o Tião, o Maneco e a turminha deles vão todos virar artistas plásticos famosos, dona Lurdes?

— Isso eu não sei, Benedita. Mas, quem sabe, algum deles se revela? O negócio é descobrir do que eles são capazes.

— Isso nós já sabemos. São capazes de perturbar a ordem, estragar o trabalho dos outros, atrapalhar as aulas, fazer tumulto... Lembra aquela vez que eu contei para a senhora o que eles fizeram com a pobre da Natália? Coitada da menina, saiu da sala quase chorando com as piadinhas deles, ninguém se ofereceu para ajudar na cozinha comunitária. Esse grupinho não presta mesmo, dona Lurdes.

— Benedita, se você ficar olhando só para os pontos negativos, eles não vão ter jeito mesmo. Precisamos criar oportunidades para que eles mostrem o que podem fazer de bom.

— Bem, até conseguiram aprender a pintar paredes direitinho...

— E então? Talvez eles gostem da ideia do mural. Vou falar com a Ana Lúcia, quem sabe ela dispõe de umas duas horas semanais para ensinar técnicas de pintura, organização de murais, painéis, essas coisas. Ela já fez um trabalho com meninos de rua.

— Ah, eu me lembro, fazia oficina de pintura e de reciclagem de papel com eles num abrigo. É, é uma boa ideia falar com ela.

Embora não seja da turma da bagunça e não participe das pichações, Marcão adora desenhar. Quando chegou da escola de informática no final da tarde, estava com muita fome. Abriu a geladeira, encheu um copo de leite, preparou um pão com manteiga e mortadela, pegou lápis e papel e se esparramou no chão da sala para fazer caricaturas. Era sua maneira preferida de relaxar, depois de um dia cansativo na escola e dando aula para a garotada.

Logo que entrou para o curso de informática, se interessou por computação gráfica, agora já está aprendendo a construir *homepages* e fica fascinado com as técnicas de animação. Quando desenha, gosta de fazer caricaturas e chegou a criar personagens de histórias em quadrinhos. Mas, quando vê as cenas de abertura das novelas e de outros programas da TV, começa a sonhar alto, vendo-se como um profissional famoso, disputado a peso de ouro por vários canais para produzir as vinhetas que fazem sucesso na telinha.

Marcão estava embalado nos sonhos de trabalhar com computação gráfica para a televisão, olhando distraidamente para a mesa da sala cheia de moldes, tecidos, roupas sendo preparadas, sobras de pano espalhadas pelo chão e a mãe na máquina de costura, atarefada. Só no final da tarde Isaura varre a sala, recolhendo os restos de papel, linhas e panos, arrumando o ambiente para o jantar. Marcão divide o pequeno quarto com o tio taxista, só dá mesmo para o beliche e o armário, não há lugar para uma mesa de estudos. O jeito é escrever e desenhar deitado na cama, no chão ou sentado no sofá da sala, apoiando os cadernos na mesinha de centro. A mesa da sala é para as refeições e o trabalho de Isaura, que, às vezes, fica até altas horas da noite costurando para cumprir o prazo das encomendas.

Um leve sorriso de felicidade iluminava o rosto de Marcão. Na escola de informática, disseram-lhe que, a partir do mês seguinte, começaria a ganhar um dinheirinho pelas aulas, já que estava completando os cursos avançados e trabalhava havia quase dois anos como voluntário. "Quem sabe consigo juntar uma grana e comprar um computador usado? O problema é a falta de espaço aqui em casa, mas eu dou um jeito", pensou.

Embalado pelo sonho de ter o próprio computador, estava dando os retoques finais na caricatura do professor de Geografia, quando entrou o tio, preocupado:

— Ah, não sei até quando vou conseguir continuar me matando nesse táxi. Hoje não deu para cobrir a diária, ontem também não. Estou arrebentado de cansaço!

Isaura olhou para o irmão, penalizada. Sabia da angústia de ter que "começar o dia devendo uma nota", como ele mesmo dizia, sem nenhuma garantia de ter passageiros que desse para pagar a diária para o dono da frota de táxis e sobrar algum para sobreviver. Ela e o marido também não tinham emprego fixo, dependiam do serviço que aparecia, de costura e de marcenaria. Marcão percebia o aperto e nem se atrevia a pedir dinheiro para comprar o que tinha vontade, só às vezes se arriscava a pedir algum para ir ao cinema.

— É, filho, tá vendo seu tio? Não quis estudar, eu e seu pai quisemos, mas não tivemos condições e estamos nessa que você sabe. Capricha, meu filho, só espero que você consiga ter uma vida melhor que a nossa.

— Uma mesa com computador e espaço para escrever e desenhar, mãe. E dinheiro para comprar roupa bonita, ir ao cinema e comer num barzinho jogando conversa fora com os amigos. Não precisa muito mais do que isso, por enquanto. Depois, quando eu ficar famoso fazendo a abertura das novelas, vou ganhar muito dinheiro e a vida de todos nós vai ficar mais fácil, pode crer.

11

Gabriel chegou à escola de informática e estranhou não encontrar ninguém na sala. Sentou-se e ficou observando a pilha de livros amontoados numa prateleira, à espera de um espaço que funcionaria como biblioteca. A associação dos moradores já estava organizando um novo mutirão para pintar uma sala disponível, ao lado da creche comunitária, e contava com a ajuda voluntária de dois marceneiros para fazer as estantes dos livros. Com a escola de informática, muitos alunos tiveram seu interesse despertado para a leitura, e a associação tinha conseguido boas doações com a campanha “Dê um livro para quem gosta de ler”, feita em duas escolas particulares do bairro. Observou também as paredes verdes, lembrou-se das paredes amarelas do terraço e da conversa com Elisa, a coordenadora,

contando que a casa tinha sido pintada pelos pichadores da comunidade. "Eu digo a eles: às vezes, a gente faz coisa ruim que não dá pra consertar, mas, quando dá, a gente conserta."

Gabriel sorriu ao lembrar-se de Elisa falando. Ele admira a força e o dinamismo que ela tem, sua capacidade de estimular o trabalho das pessoas, de correr atrás dos recursos necessários para a realização dos projetos.

Seis micros, um ao lado do outro, numa sala pequena, entulhada de livros e caixas de papelão. "No entanto, quanta coisa importante acontece aqui, tanta gente começa a sonhar e a abrir caminhos para a vida", pensou Gabriel. Estava mergulhado nesses pensamentos quando Marcão entrou na sala, abatido.

— Oi, Gabriel, tá estranhando que a turma ainda não chegou?

— É, o pessoal costuma chegar na hora. O que aconteceu?

— Tiroteio. Bem, isso não é novidade, tem a guerra das quadrilhas, você sabe, e as trocas de tiros entre policiais e traficantes são bem frequentes, mas hoje de manhã foi demais. Mataram cinco, um deles é irmão do Wellington.

— Do Wellington?

— É, aquele rapaz que dá aula de manhã.

— Eu sei. Outro dia, ele ficou aqui até mais tarde e a gente estava conversando. Eu perguntei a ele qual a diferença que o estudo da informática tinha feito na vida dele.

— E aí, o que ele disse?

— Que, antes, ele vivia metido em confusão, era bom de briga. Depois, estudou aqui, passou a ser instrutor e ficou mais paciente, mais responsável.

— E é verdade. Ele mudou muito. É outra pessoa.

— Coitado do Wellington... O irmão dele estava envolvido com o tráfico?

— Sim. Bem que ele tentou sair algumas vezes, mas não conseguiu. É a tal história, né? Entrar para o tráfico é fácil, sair é que são elas, os caras fazem a maior pressão, mil ameaças, é barra pesada. A comunidade está muito revoltada, os policiais foram truculentos, mataram dois que não tinham nada a ver com o tráfico, isso é uma guerra sem fim. Eu estava com o pessoal da turma lá na casa do Wellington, tentando dar uma força pra família, nem fui à escola hoje.

— Quer subir até o terraço pra pegar um pouco de ar, Marcão? Gabriel percebeu que o amigo também estava precisando de uma força.

Subiram a escada de cimento estreita. As construções da favela parecem labirintos, com muitos corredores, cantos, desvios, aproveitando ao máximo os poucos espaços disponíveis. Do terraço, também pequeno, dava para ver muitas outras casas com tijolos aparentes, sem pintura, teto com telhas de amianto, os varais de roupa nas varandas, plantas, gaiolas de passarinhos, antenas de TV e uma vista belíssima para o mar, o verde, as montanhas. O sol morno, meio encoberto pela névoa úmida, oferecia um abraço cálido. Gabriel e Marcão ficaram em silêncio um bom tempo, debruçados sobre o muro amarelo do terraço.

Um avião passou ao longe, começando a se preparar para o pouso.

— Sabe, Gabriel, eu tenho muitos sonhos que vou batalhar para realizar. Um deles é viajar de avião, nem que seja para ir só até São Paulo. Deve ser muito legal ver as cidades lá de cima, voando nas nuvens.

Gabriel ficou novamente constrangido percebendo as diferenças de oportunidades na vida deles dois. Já tinha ido algumas vezes a São Paulo, visitar os avós paternos, fazia questão de pegar o assento da janela, olhos grudados na paisagem deslumbrante: o Pão de Açúcar, o mar, a Lagoa, os barcos, o movimento dos carros na ponte Rio-Niterói, a enorme concentração de prédios ao chegar a São Paulo, o anoitecer com as luzes piscando, as cidades parecendo gigantescas maquetes, a sensação deliciosa de voar acima das nuvens. Lembrou que, quando o pai ainda era vivo, fizeram uma viagem à Disney, a noite inteira num avião enorme, com jantar e café da manhã. Depois da morte do pai, o dinheiro não deu para fazer outra viagem internacional, mas sonhava em conhecer Paris e sabia que a mãe estava economizando para que eles pudessem viajar de novo. Sentiu-se privilegiado e com pena do amigo, por isso escolheu cuidadosamente as palavras para responder.

— É, Marcão, é o maior barato. Mas tem gente que morre de medo de avião, fica pensando que se cair não tem jeito, morre todo mundo.

— E daí? Todo mundo morre, mais cedo ou mais tarde. Se o avião cair, pelo menos morre curtindo um barato, pertinho do céu. O negócio é o seguinte, Gabriel: a gente precisa mesmo sonhar e correr atrás para realizar esses sonhos. Aí, a gente se sente bem, até feliz, vale a pena viver. Mesmo que, de repente, tudo termine e alguns desses sonhos acabem morrendo com a gente, bem antes de virar realidade.

— Olá, rapazes, hoje o dia não está nada fácil... — era Elisa, que subira a escada que dá para o terraço tão de mansinho que nem Gabriel nem Marcão perceberam que ela tinha chegado.

— Oi, Elisa, chegou alguém para a aula?

— Só dois que acabaram de entrar, mas estão tão desanimados que eu acho melhor a gente só conversar com eles, não tem clima para dar aula hoje...

Desceram os três e a conversa girou em torno do problema do tráfico de drogas. Elisa contou para Gabriel que, logo que abriram as inscrições para a primeira turma, a procura foi enorme e um dos chefes do tráfico foi procurá-la para dizer que eles permitiriam a abertura do curso, desde que não atrapalhasse os negócios deles.

— Mas eles mandam e desmandam assim mesmo? — Gabriel se surpreendeu.

— Infelizmente, essa é a realidade. Passado um tempo, eles tornaram a me procurar. Disseram que, apesar de estarem perdendo alguns "soldados" que preferiam batalhar um emprego na informática em vez de trabalharem para o tráfico, eles continuariam permitindo o funcionamento da escola porque viam que a comunidade dava total apoio.

— E acontece isso mesmo, Elisa? Há jovens que saem do tráfico quando descobrem a informática?

— Uns sim, outros não. Alguns até conseguem permissão para sair, mas, quando a situação aperta e eles não conseguem trabalho, voltam para o tráfico. Mas acredito que muitos deixam de entrar, pois descobrem outros caminhos mais seguros para progredir na vida. O mundo do tráfico oferece vantagens imediatas que seduzem os jovens: dinheiro, poder, facilidade de ter várias namoradas. Pensam mais nisso do que nos riscos de morrer cedo. Por outro lado, a tecnologia também seduz muito e, quando eles percebem que podem conseguir bons trabalhos vivendo com mais segurança, acabam escolhendo esse caminho.

Os dois alunos que tinham chegado faziam parte da equipe de redação do jornal da comunidade. Acabaram se animando a ligar os computadores para fazer mudanças no *layout* da primeira página, com o propósito de incluir a notícia do tiroteio, das mortes e da revolta da comunidade.

Gabriel leu com interesse algumas das notícias na tela do computador:

LIXO NO CHÃO, NÃO!

Nessa comunidade, existe uma grande quantidade de lixo por metro quadrado, às vezes os garis não dão conta de tanto lixo espalhado. Seria bom se implantassem lixeiras pela comunidade, assim diminuiria essa quantidade de lixo pelas ruas internas. Os moradores precisam ter mais consciência e não largar seu lixo em qualquer lugar. Aí, galera, vamos maneirar com o lixo. Lugar de lixo é na lixeira.

CAÇADORES DESAJEITADOS!

Já não podemos andar tranquilos pelas ruas de nossa comunidade por causa das pessoas da igreja que nos param na rua e literalmente nos arrastam para dentro dela. Acho que eles não entenderam o recado “caçadores de fiéis”. Se eles querem que nós entremos na sua igreja, não ajam dessa maneira, pois assim só irão nos fazer sentir rejeição pela casa.

Gabriel sorriu lendo essas notícias. Achou interessante observar o intenso envolvimento dos jovens com os problemas da comunidade. Percebeu que ele e o irmão nem sequer sabem onde fica a sede da associação dos moradores do bairro em que moram. Na escola de informática, os alunos montam e imprimem não só o jornal da comunidade como também outros folhetos de divulgação das atividades do clube e das associações que promovem cursos de capacitação. Um deles chamou a atenção de Gabriel, pela diversidade de coisas oferecidas:

"Toda e qualquer pessoa pode ser um diretor voluntário, para nos auxiliar quando preparamos algum evento para as crianças, ou para ensinar algo que saiba fazer bem. Qualquer coisa, como: cozinhar, tricotar, pintura em tecido, capoeira, danças, artesanatos em geral, confeitar bolos, fazer doces e salgadinhos, bordar, corte e costura, estofador, cabeleireiro, manicure, trancista, marceneiro, mecânico, maquiar, desenhar, pintar (inclusive paredes), eletricista, línguas, contadores de histórias e aulas de qualquer matéria do ensino básico. Qualquer dessas artes nos interessa, você pode ser um voluntário para trabalhar com nossas crianças e jovens".

"É a rede solidária de que a mamãe costuma falar. E como funciona bem...", concluiu Gabriel, pensativo.

12

Natália chegou da escola e encontrou o pai dando os últimos retoques na nova placa anunciando o trabalho da mãe:

ACEITA-SE ENCOMENDA DE BOLOS CONFEITADOS,
DOCES E SALGADINHOS EM GERAL.

Do lado esquerdo, o desenho de um bolo de casamento, bem alto, com o casal de noivos em cima. Maria José fez cursos de bolos especiais e doces caramelados. Natália ajuda a mãe sempre que pode e adora comer as sobras de doce que ficam no fundo da panela, e as beiradas dos bolos aparados, antes de confeitar. O glacê, também. Natália gosta de passar o dedo na vasilha da batedeira, pegando os restinhos da cobertura com raspas de limão ou do recheio de chocolate com leite condensado.

Antônio, além de pintar paredes, sabe compor faixas e tabuletas de anúncios. Faz as letras com mão firme, os desenhos com boa proporção, sabe combinar as cores. Em muitos estabelecimentos comerciais, escreve em cima das próprias paredes que pinta, anunciando os serviços oferecidos: o borracheiro Joaquim, o sapateiro, o açougue N. S. de Fátima, a quitanda, a birosca do seu Manoel.

— Filha, agora ajuda aqui, você e sua mãe.

Pegou a escada, retirou a tabuleta antiga, já desbotada pelo tempo. Natália e Maria José a colocaram no chão e suspenderam a nova até o alto da escada.

— Ficou caprichada, pai!

— Vai atrair boas encomendas, se Deus quiser.

Maria José tinha acabado de fritar coxinhas de galinha e quibes. As empadinhas de camarão já estavam dourando no forno, o cheiro bom se espalhando pela casa. A freguesa ia mandar pegar a encomenda no final da tarde. Natália separou alguns salgadinhos para o almoço, complementando o macarrão com carne moída que a mãe tinha preparado.

— E aí, mãe? Quando é que você vai começar a dar aulas na cozinha comunitária?

— Não sei, filha. Na semana passada, só três pessoas se inscreveram. Combinei com o pessoal da Pastoral de começar a turma com seis. As líderes estão indo de casa em casa, mas até agora...

— Quando é para pegar comida de graça, aparece um

monte de gente, mas quando se chama para trabalhar... — comentou Antônio, com expressão de desdém.

— Andei falando com as mulheres que vão almoçar lá na cozinha comunitária, prometeram que iam procurar, mas até agora nenhuma se inscreveu, né, mãe?

— É, a irmã Ângela me contou que uma daquelas que se inscreveram foi logo dizendo que não tinha certeza se iria, porque mesmo que ela passasse a fazer compotas para vender ganharia tão pouco que não ia valer a pena dar tanto duro.

— O negócio é que aqui na cidade grande pouca gente morre de fome. Vão passando pelas igrejas, recebem a cesta básica, roupa, cobertor, fica todo mundo acomodado, faz um bico aqui, outro ali, ou então são as mulheres que vão pra rua levando as crianças para pedir esmola. Outro dia, falei com uma que me disse que ganha até mais do que um salário só com as esmolas.

— Mas eles não sentem falta de mais dinheiro para melhorar a casa, comprar uma TV nova, sei lá, pai?

— Que nada! Essa gente gosta é de ficar na maré mansa. Conseguem um dinheiro, ficam sem fazer nada, quando já não dá mais nem para o básico, arranjam um bico, garantem mais algum, aí relaxam de novo. Aqui mesmo, na nossa comunidade, é só chegar lá fora pra ver: duas horas da tarde, um monte de garotos ociosos, os homens bebendo na birosca do seu Manoel ou jogando bilhar na sala dos fundos.

— Mas tem muita gente desempregada que não está conseguindo vaga em lugar nenhum, pai.

— É verdade, Natália. Até eu, você vê que há semanas em que não aparece trabalho, mas eu me viro, pergunto pra um, pra outro. Agora, muitos desses desempregados se acomodam, se queixam de que a vida está difícil e nem se mexem, acabam vivendo da caridade alheia ou à custa das mulheres, que dão duro fazendo faxina na casa das madames.

— É pena que a turma ainda não esteja formada — suspirou Maria José. — Já tinha feito planos com uma conhecida minha que dá aula de pintura em vidro. A turma aprenderia a fazer compotas, que seriam colocadas nos potes pintados; pensei até em fazer as tampas de crochê. Ficaria uma graça, sucesso de vendas, eu acho.

— Ih, mãe, por falar em pintura, sábado que vem vai ter o concurso de pintura em mural, lá na escola.

— Como vai ser?

— Dividiram o muro em seis partes. Cada equipe tem quatro pessoas. Já estão fazendo o projeto dos desenhos. No sábado vão pintar no próprio muro e vai ter um júri de alunos e professores para premiar o melhor trabalho.

— E você se inscreveu, filha?

— Ah, eu não, pai. Aqui em casa, só você leva jeito para desenhar. Nem eu nem a Tati sabemos.

No sábado do concurso, fez um dia glorioso: friozinho, sol e céu bem azul. Quase todos os alunos foram ver, curiosos para saber qual a equipe que ganharia o prêmio: uma caixa de tintas e pincéis. Era o primeiro passo para organizar o ateliê de artes para os jovens da comunidade. A professora Ana Lúcia, a pedido de dona Lurdes, montou um projeto começando pelas técnicas de fazer murais até chegar às aquarelas.

Dona Lurdes estava radiante, principalmente porque quase todos os pichadores se inscreveram. Maneco era um dos mais animados, liderando sua equipe na composição do desenho. Alguns outros da "turminha da bagunça" eram ligados em música e tomaram a iniciativa de trazer um grupo de *hip-hop* e outro de pagode para animar o evento.

O clima era de festa: um grupo de alunos e professores organizou o lanche comunitário, juntou várias mesas de professores no pátio da escola, cobrindo-as com uma grande toalha de papel crepom e um arranjo de flores no centro. Em volta, os pratos de doces e salgadinhos, refrigerantes, mate, copos plásticos e guardanapos de papel.

Maria José, a pedido da filha, levou um prato com as famosas empadinhas de queijo, uma de suas especialidades. Natália, com a ajuda do pai, desenhou um cartaz para colocar ao lado do prato das empadinhas, anunciando não só o curso de doces em compotas, mas também um de salgadinhos para festas.

— Quem sabe o pessoal se delicia com as empadinhas de queijo e se motiva para fazer o curso? Não custa arriscar — argumentou com a mãe.

Natália estava certa. As empadinhas desapareceram em menos de dez minutos, elogiadíssimas. Depois do lanche, já havia seis mulheres interessadas no curso de salgadinhos.

O mural do grupo do Maneco foi o premiado pelo júri. Até a professora Benedita se encantou com os desenhos:

— Dona Lurdes, nem acredito no que estou vendo! Não é que esses danadinhos levam jeito pra coisa? Parece até com aquela pintura do artista americano que a senhora me mostrou!

Dona Lurdes já tinha visto os olhos do Maneco brilharem de raiva muitas vezes, mas foi a primeira vez que os viu brilhar de alegria. Deu-lhe um abraço forte e emocionado, quando lhe entregou a caixa de tintas e pincéis.

— Parabéns, rapaz! Você e seus colegas mostraram que têm talento, espero que todos vocês participem do nosso ateliê para fazer muitas coisas bonitas.

Os olhos de Maneco se encheram d'água, um risinho nervoso tornou seu rosto diferente do habitual. "Deve ter recebido tão poucos elogios na vida, esse menino", pensou dona Lurdes, ela também com os olhos cheios d'água.

13

Heloísa conseguiu sair do trabalho meia hora antes do habitual, com a intenção de passar no shopping e comprar o presente de aniversário de Daniel. Não deu: uma batida entre dois automóveis e um caminhão no meio da ponte Rio-Niterói provocou um gigantesco congestionamento. Logo depois do

pedágio, tudo parado. Um pouco adiante, dava para andar bem devagar. Heloísa aproveitou para apreciar o entardecer, o céu rosado, algumas nuvens bem desenhadas, o contorno das montanhas, o mar calmo, azul-escuro. "Como é linda esta cidade!", pensou. No rádio, uma música de Tom Jobim: "Um cantinho, um violão... Vejo o Corcovado, o Redentor, que lindo". "É mesmo", pensou, lembrando-se do violão encostado num canto do seu quarto, havia semanas que não encontrava tempo para cantarolar suas músicas preferidas e se distrair um pouco. Passou pelo local do acidente, os carros diminuíam a marcha, as pessoas olhando com curiosidade, querendo saber os detalhes do acontecimento.

Quando chegou em casa, encontrou Daniel no computador, com uma menina que ela não conhecia.

— Oi, mãe, esta é a Maria Luísa, que brinca com as crianças do orfanato. A gente está preparando o relatório de final de ano.

— Que bom conhecer você, Maria Luísa! Daniel nos contou que você tem um jeitinho especial de brincar com as crianças.

— Ele também, dona Heloísa. Várias crianças estão pedindo para ele continuar indo lá nas férias. Elas adoram as nossas brincadeiras, o Daniel também leva o maior jeito, foi uma revelação!

Daniel, super sem graça, retrucou:

— Pô, Lu, não exagera...

— Não estou exagerando, Dani, você sabe. As crianças se penduram em você quando a gente chega, pedem pra ficar rodando com elas no colo, querem brincar de pique-esconde, tantas coisas...

Heloísa mal podia imaginar a cena de Daniel se divertindo com a criançada, embora ultimamente ele não tenha se queixado do "trabalho voluntário obrigatório". Provocou:

— E aí, filho? Vai continuar indo lá nas férias, junto com a Maria Luísa?

— Eu não! Odeio ter compromisso nas férias, você sabe.

— Ah, Dani, são só duas horinhas por semana, as crianças ficam tão felizes! Eu quero continuar, dona Heloísa, me dá a maior pena só de pensar naquelas crianças sentindo falta da gente. É pouco tempo, mas eu sei que faz uma grande diferença para elas.

— Elas se acostumam, acabam se esquecendo da gente...

— Ah, Dani, vamos!... Só nas férias; quando as aulas começarem de novo, é a outra turma que vai lá, aí a gente sai. A voz de Maria Luísa transmitia um pedido carinhoso.

— Vou pensar no seu caso... — ironizou Daniel.

"Ai, que bobo! Acha a menina uma graça, ela está se derretendo para ele, e ele se dá ao luxo de perder uma oportunidade dessas, se fazendo de difícil, como é que pode?", pensou Heloísa, mas nada comentou a respeito. Apenas disse:

— Gente, vou deixar vocês aí acabando o relatório e vou esquentar a comida. Você janta com a gente, Maria Luísa?

— Aceito o convite!

Maria Luísa elogiou a batata de forno, o rosbife e a salada de alface, agrião, tomate e brócolis. Apreciou mais ainda a reunião da família e a conversa na hora do jantar.

— Lá em casa, não tem nada disso. Cada um come no seu próprio quarto, em horários diferentes. A empregada vai embora às quatro da tarde, deixa a comida pronta, cada um faz seu prato, esquenta no micro-ondas e arruma o bandejão. Só papai e mamãe jantam juntos, no quarto, vendo o noticiário. Eu janto mais cedo, vendo a novela das seis. Chego em casa varada de fome, não aguento esperar até mais tarde. Meus irmãos fazem ginástica à noite, comem lá pelas dez.

— Aqui, a gente conseguiu criar o hábito de jantar juntos, sem televisão ligada. É uma boa oportunidade para contar as novidades do dia.

— Por falar em novidades, mãe, fiquei sabendo que a ideia do "trote solidário" pegou. Um amigo meu me contou que na faculdade dele o pessoal criou o "trote perfumado".

— O que é isso? — Maria Luísa logo se interessou em saber.

— Foi o seguinte: os calouros tiveram que recolher material de higiene e limpeza para distribuir pelas instituições cadastradas num centro de voluntariado. E, depois, os alunos que quiserem continuar trabalhando como voluntários passam a ganhar pontos: cada hora de serviço voluntário conta como hora de estágio na faculdade.

— Que ótima ideia! — exclamou Heloísa, entusiasmada.

— Eu mesma já tive vontade de ajudar os velhinhos, mas como é que eu ia entrar sozinha num asilo? Ainda bem que surgiu essa oportunidade pela escola, só que eu acabei escolhendo brincar com as crianças do orfanato — comentou Maria Luísa.

— Ai, essa mania de ajudar os outros... — ironizou Daniel.

— Mas, e aí, mãe, como é que ficou aquele lance da cooperativa? Vai pintar o racha, mesmo?

— Acho que sim, Gabriel. O grande problema é o estrelismo, tem uma lá que está se achando a dona da cooperativa. Há um grupo completamente passivo, parece que fica esperando as ordens; há outras pessoas revoltadas com essa situação. De qualquer forma, o espírito de cooperativa está prejudicado.

— Esse negócio de estrelismo acaba dando sempre nisso. Torna mais competição do que cooperação. Não adianta criar essas utopias, quando eu falo, ninguém acredita, mas é a mais pura verdade. As pessoas adoram o poder; mesmo que o cargo que ocupam não tenha importância alguma, não abrem mão do *status* — argumentou Daniel.

— Eu sei que é difícil, meu filho, mas não é impossível. Numa cooperativa, é preciso aprender a tomar as decisões em conjunto, escutar uns aos outros com respeito, acreditar que o grupo pode criar caminhos melhores do que a cabeça de uma só pessoa. Acho bonito esse sistema: pensar junto, dividir o trabalho e os rendimentos também.

— Vocês sonham... Tudo isso é muito bonito no mundo das ideias, na prática o pessoal acaba se engalfinhando, cada um a fim de defender o seu, levar a melhor. Não estão nem aí para o que os outros pensam, nem estão querendo repartir o lucro...

— Puxa, Dani, você não acredita nas pessoas? — havia um quê de decepção na voz de Maria Luísa.

— O que é isso de acreditar nas pessoas, Lu?

— Ora, Dani, é acreditar que as pessoas podem se unir, ajudar os outros, melhorar a condição de vida de quem está mal...

— De que adianta isso? Com essa tal de globalização, o mundo está cada vez mais cheio de gente ferrada. É aquele negócio que o nosso professor de Geografia vive dizendo: os ricos estão cada vez mais ricos e os pobres cada vez mais pobres. Não adianta melhorar a vida de alguns pobrezinhos. E os outros milhões, bilhões até? A gente não pode fazer nada.

— Filho, você se lembra da história do pescador de estrelas-do-mar?

— Ai, mãe, é claro, né? Você conta essa historinha desde que eu estava na sua barriga!

— Eu não conheço, dona Heloísa. Como é?

— É a história de um homem que gostava de caminhar de manhã cedinho pela beira do mar. Um dia, aconteceu um fenômeno estranho: ele viu na areia uma infinidade de estrelas-do- mar. Pensou: "Meu Deus, se essas estrelas ficarem jogadas aqui na areia, elas vão morrer. Precisam voltar para o mar!". Começou a pegá-las, uma por uma, devolvendo-as para a água. O sol já estava alto e quente, e ele continuava a salvar as estrelas, até que passou uma moça e lhe perguntou: "Há centenas de estrelas na areia, você não vai conseguir devolvê-las todas para o mar. De que adianta salvar tão poucas? Por que você continua aí, pescando as estrelas?". "Porque eu sei que, para essas, vai fazer uma grande diferença", o homem respondeu.

— Nossa, que história bonita — disse Maria Luísa, emocionada. E acrescentou: — Se aparecessem muitos outros pescadores de estrelas, daria para salvar todas...

— Claro. É possível eliminar a miséria se a maioria conseguir pensar e agir de outro jeito. Se milhares de pessoas tecerem redes solidárias, passaremos a ter uma sociedade mais justa, sem essa violência da desigualdade.

— É mesmo, dona Heloísa, a senhora tem toda a razão.

— Ai, que saco, só rola esse tipo de papo aqui em casa! — Daniel já estava ficando impaciente.

— É, cara, se você já reclama do 2x1, não dá para encarar um 3x1 mesmo, né? — ironizou Gabriel.

— Gente, tem sorvete de creme e banana em calda. Querem as duas coisas juntas, ou só uma? — Heloísa tentou diluir o clima de tensão.

— Bem, eu não resisto à tentação dos doces, dona Heloísa. Quero a banana com uma bolinha de sorvete. É uma boa combinação.

14

O mural da escola fez um sucesso inesperado na comunidade. Após a festa de premiação do melhor trabalho, muitas pessoas quiseram visitar a escola para conhecer o mural, principalmente depois que o jornal da escola de informática publicou a matéria.

Marcão liderou a equipe de repórteres e orientou a diagramação, combinando texto e fotos. A reportagem narrou em detalhes a festa, a apresentação dos grupos musicais, enumerou os doces e os salgadinhos e incluiu entrevistas com dona Lurdes e outros participantes. Estampou, na primeira página, as fotos do desenho premiado e do grupo do Maneco, que ficou orgulhosíssimo de ter sido “notícia de jornal”.

Uma das visitantes que mais apreciaram as pinturas foi Dalva Maria, responsável pela creche comunitária da associação dos moradores. Quando viu o muro colorido e desenhado, logo imaginou as salas da creche decoradas, criando um ambiente mais alegre para a meninada. Foi conversar com dona Lurdes, que a recebeu em sua sala.

— E então, Dalva Maria, como vai você?

— Vou indo, dona Lurdes. Com os problemas de sempre...

— Com seu marido?

— É, aquele homem não tem jeito, dona Lurdes. Não consegue parar nos empregos, mesmo quando tem trabalho vai todo dia beber na birosca do seu Manoel. Aí chega em casa falando um monte de besteiras, no dia seguinte diz que não se lembra de nada, jura que não disse nada daquilo, que é tudo invenção minha pra perturbar a vida dele. O problema é que a Mandinha anda muito nervosa, quando vê que o pai está lá na birosca bebendo, anda de um lado pro outro na casa, não sossega, a menina.

— É, o problema da bebida é um caso sério. Mas o que deixa sua filha tão preocupada? Ele chega agressivo em casa?

— Agressivo, exatamente, não. Mas fica dizendo que quer morrer, que vai beber até morrer, essas coisas, dona Lurdes. A menina gosta dele, fica apavorada de perder o pai. Eu até já conversei com ela, disse que quando a pessoa está bêbada começa mesmo a falar bobagens, que ela não deve levar nada disso a sério, mas ela não consegue se acalmar de jeito nenhum.

— Aqui na escola ela está bem, Dalva Maria. Tem um relacionamento bom com os colegas, com os professores. Sempre faz os deveres, é muito responsável.

— Lá em casa também, dona Lurdes, mas ela fica assim, nervosa demais, quando o pai bebe.

— Diga a Mandinha para vir conversar comigo, quem sabe uma outra pessoa dizendo as mesmas coisas que você diz acaba dando uma força maior.

— É, vou falar com ela. Mas não foi por isso que eu vim aqui hoje para falar com a senhora. No dia da festa do mural, eu estava em reunião com o pessoal da creche, só hoje vim visitar e fiquei encantada. Lá na creche as paredes estão todas pintadas de azul-claro e a gente recorta figuras e faz alguns enfeites de isopor para colocar nas paredes. Será que esses meninos poderiam fazer uns desenhos em algumas paredes das salas? Assim, bichinhos na floresta, fundo do mar, essas coisas.

— É bem provável que eles se animem, Dalva Maria. Podemos falar com a Ana Lúcia, que organizou a oficina de artes. Mas, e as tintas?

— Já pensei nisso. Vou fazer uma reunião com os pais na semana que vem e passar uma lista para ver com quanto eles podem contribuir. Um dinheirinho de cada um vai dar para a gente comprar pincéis e tinta de várias cores. Talvez dê até para pagar o Antônio para pintar as paredes, se a gente não conseguir organizar um mutirão. Ele faz um preço especial pra gente. Quero uma sala de cada cor, para ficar bem alegre.

— Boa ideia! É isso que estou percebendo aqui. Depois do mutirão, com a escola limpa, pintada e bem-arrumada, os alunos se sentem mais motivados para estudar. Passaram a sentir a escola como deles e até cuidam melhor dela. O pessoal que aprende a cultivar a horta comunitária está até querendo organizar um jardinzinho aqui na frente. O espaço é pequeno, mas dá para plantar lírios e margaridas.

— É isso aí, dona Lurdes. O negócio é botar a moçada para criar ideias e fazer coisas boas.

Na horta comunitária, seu Zé Rodrigues continuava orientando os alunos e estava animado colhendo não só as hortaliças, mas também os frutos do seu trabalho: os alunos mais antigos já estavam passando seus conhecimentos para os mais novos e, com a ajuda do Marcão no jornal da escola de informática, lançaram uma campanha de incentivo às famílias para organizarem pequenas hortas nos quintais das casas e até mesmo outras hortas comunitárias em alguns terrenos vazios, cobertos de mato.

Cícero, como sempre muito ativo na associação dos moradores, se propôs a organizar um mutirão para capinar esses terrenos e ajudar a coordenar as iniciativas de novas hortas comunitárias. Nessa reunião, Marcão não acompanhou o pai, estava em semana de provas e precisava estudar muito, principalmente Matemática, a matéria mais difícil para ele. Esperou, ansioso, o pai chegar para saber das novidades da reunião. Estava muito empenhado em ampliar o projeto das hortas. Cícero, apesar de frustrado porque Marcão nunca tinha se interessado pela marcenaria, sentia-se orgulhoso ao perceber o entusiasmo do filho em participar ativamente dos projetos da comunidade. "É meu único filho, meu sonho era passar meus conhecimentos de marcenaria para ele, mas, pelo menos, podemos atuar juntos na liderança da associação dos moradores", pensava.

Assim que Cícero chegou em casa, Marcão fechou o caderno de Matemática e logo começaram a conversar sobre os obstáculos colocados ao projeto.

— Veja só, Marcão, o pessoal da associação achou a ideia ótima, mas perguntaram quem ia tomar conta da horta para evitar que os maus elementos da comunidade arranquem as mudas e desmanchem os canteiros.

— Mas, pai, na horta comunitária da igreja isso nunca aconteceu.

— Lá tem o padre Jorge, filho, que até os vândalos respeitam. Além disso, o terreno é todo cercado, no salão da igreja sempre tem movimento, fica mais difícil atacar. E num terreno que não tem dono e está todo aberto? O pessoal tem razão.

— Infelizmente, essa é a verdade. É só ver os orelhões, difícil encontrar um telefone funcionando. Não entendo esse prazer de destruir as coisas que são boas pra todo mundo...

— Nem eu, Marcão. Mas tem gente que é assim, né? E a horta da igreja, como está?

— Vai bem, continua produzindo. Até o pé de maracujá que foi plantado junto da horta está carregadinho, e estão fazendo suco para o almoço comunitário. Sabe o que eu acho? Que em vez de fazer hortas nesses terrenos vazios o pessoal poderia plantar coisas que não dessem tanto trabalho.

— Por exemplo?

— Ah, maracujá, chuchu, mamão, laranja, limão. Mesmo que o pessoal pegasse pra levar pra casa sem pensar nos outros não teria tanto problema, e, além disso, embelezaria a comunidade.

— É, filho, a ideia é boa. Na próxima reunião você não vai estar em semana de provas, aí poderemos ir juntos para falar com o pessoal da associação.

15

Sexta-feira à noite, Heloísa estava ocupada separando roupas que há muito tempo não usa, dobrando e colocando em sacolas. A caminho do banheiro, Daniel viu a mãe atarefada e comentou, com a ironia habitual:

— Ih, hoje é dia de "dar uma limpa" nos armários...

— É, pode ir se preparando que daqui a pouco vou passar pelo seu quarto para "dar uma geral" — respondeu Heloísa, com o bom humor que neutraliza a ironia de Daniel.

— Tá bom, tá bom...

— Pega leve, Daniel. Só faço isso duas vezes por ano. O pessoal do lar espírita sempre precisa dessas doações.

— É ruim de acreditar que eles vão dar essas roupas boas para os pobrezinhos. Pra mim, eles separam as coisas melhores e levam pra casa deles... O resto eles distribuem.

— Não distribuem, Daniel. Tudo isso vai para o bazar. Eles vendem por um preço simbólico e, com esse dinheiro, compram outras coisas, como, por exemplo, papel higiênico e material de limpeza.

Gabriel se ofereceu para ajudar a mãe a levar as seis sacolas de roupas para o lar espírita, que fica na favela em que Heloísa trabalha com as mulheres da cooperativa. Sábado de manhã é o dia de maior movimento: um monte de gente esperando consulta com os médicos, a fila da farmácia que fornece remédios, as aulas de evangelização para os jovens, o curso de alfabetização para adultos, o reforço escolar para as crianças, a distribuição de cestas básicas para as famílias mais carentes, dezenas de voluntários trabalhando nos vários setores, um movimento enorme numa casa estreita, de três andares e várias salas pequenas.

— Mãe, isso aqui é impressionante! Parece um formigueiro humano.

— É mesmo, meu filho. Muita gente precisando de ajuda e muita gente dando um pouco do seu tempo.

— E a Maria Luísa, hein, mãe? Que gata! E o idiota do meu irmão que fica na dele, nem aproveita a chance. Poxa, se a Mônica me desse mole assim...

— O Daniel não acha que a Maria Luísa está dando mole pra ele só porque deu a ideia de continuar trabalhando com as crianças do orfanato. Quem sabe a Mônica não está também arrastando uma asa pra você e você nem percebe?

— Será? Droga, não consigo sair dessa dúvida: é amor ou amizade? Empaquei nisso, que saco!

— E nas festas, Gabriel? É sempre uma oportunidade de dançar, conversar, trocar olhares, pegar na mão, dar um beijo. De repente, cria um clima...

— É verdade. Eu até sei aonde ela costuma ir com os amigos, mas não gosto muito desses lugares, você sabe. Sou muito desajeitado para dançar.

— Mas esses lugares são tão cheios de gente, ninguém percebe quem dança mal, não é não?

— Você que pensa! Pode estar todo mundo embolado na pista de dança, mas dá para perceber muito bem!

— Mas, e aí? De repente, ela se interessa em ir com você até a escola de informática...

— A Mônica, mãe? Ela diz que acha muito legal eu fazer esse trabalho, mas, na verdade, ela nunca foi a uma favela. Não sabia nem o que é ONG...

— É mesmo, Gabriel? Então ela é bem alienadinha, não?

— É, eu gosto muito dela, mãe, mas reconheço que ela é muito mimada, tem tudo que quer, adora comprar roupas de grife, passear no shopping, essas coisas.

— Sei lá, meu filho, agora estou até achando que vocês não têm tanta coisa em comum.

— É, pode ser. Mas, mesmo assim, ela não sai da minha cabeça.

Enquanto conversavam, iam subindo as escadas até o

terceiro andar, onde ficam o bazar das roupas e a sala em que são recolhidas as doações. Era grande o movimento de pessoas subindo e descendo as escadas. Gabriel ficou também impressionado com o bazar, instalado num salão com vista para o mar e várias montanhas. De lá, dava para avistar boa parte das casas e das ruelas estreitas e sinuosas, recortando o morro, em contraste com os prédios luxuosos, com grandes varandas de frente para o mar. Havia uma grande variedade de roupas para homens, mulheres e crianças, além de sapatos, bolsas, cintos e malas usadas. Pediam doação até de cabides de tinturaria, muito úteis para pendurar as roupas expostas. "Quanta coisa a gente joga fora sem pensar que pode ser aproveitada em outros lugares", pensou.

Foram recebidos por dona Aurora, que trabalha no lar espírita há mais de trinta anos, mora na favela e é líder comunitária. Agradeceu a Heloísa e a Gabriel pela doação das roupas e logo se ocupou em separá-las para pendurar nos lugares apropriados.

Na saída, Heloísa comentou:

— Sabe, filho, a dona Aurora já me contou várias histórias da vida nessa favela. Ela veio do interior de Minas, teve mais de dez filhos. Quando chegou aqui, não tinha água nem eletricidade. Passava roupa com ferro a carvão e descia o morro para pegar água.

— E como conseguia subir tudo de novo carregando água, mãe?

— Com a lata d'água na cabeça, se equilibrando.

— Nossa, que sacrifício!

— Pois é. Teve uma vida cheia de dificuldades, mas, mesmo assim, é alegre e bem-disposta, nem parece que tem quase setenta anos.

— Tanta gente que vive de cara feia no maior conforto, né, mãe?

— É mesmo, Gabriel.

No primeiro andar, passaram por uma sala que estava

com a porta aberta, apinhada de mulheres, algumas sentadas em cadeiras arrumadas em círculo e muitas outras em pé. Curiosa, Heloísa parou, querendo saber do que se tratava. Uma das mulheres relatava sua situação: estava esperando o terceiro filho, tinha duas crianças pequenas e o marido batia muito nela, tinha crises de ciúme, cismava que ela tinha um caso com o irmão dele, mas era tudo loucura da cabeça dele. Outra mulher perguntou por que ela aturava tudo aquilo, e contou que no dia em que o marido ameaçou bater nela ela lhe deu um empurrão tão forte que o derrubou no chão e, então, ele nunca mais se atreveu a lhe encostar a mão. A primeira mulher respondeu que aguentava tudo aquilo porque gostava dele, ele era bom para ela quando não tinha esses ataques de loucura e que, além do mais, ela não tinha para onde ir, para a casa da mãe não podia voltar, pois não se dava bem com o padrasto, e não tinha dinheiro para se sustentar.

Heloísa se interessou em saber que trabalho era aquele e perguntou a uma das voluntárias que passava pelo corredor:

— É uma psicóloga que vem aqui aos sábados de manhã que faz esse grupo com mulheres que têm problemas com a família. Todo mundo fala e uma vai ajudando a outra a descobrir soluções para as dificuldades.

— Quanta coisa diferente acontece nesse “formigueiro humano” — comentou Gabriel.

— Pois é, filho. A gente pode tecer as redes solidárias de tantas maneiras...

16

Maneco não gostou muito da ideia de pintar bichinhos, árvores, flores e peixinhos na creche comunitária. Achou que nem saberia fazer esses desenhos tão arrumadinhos, mas aceitou a sugestão de Dalva Maria de conseguir voluntários entre os alunos do ateliê de artes que gostassem de desenhar esses temas para fazerem uma criação em conjunto. Ousou pedir a ela que reservasse um dos muros do quintal para o grupo pintar o que quisesse, no estilo "pichação artística", como o desenho premiado na escola. Dalva Maria aceitou a ideia e, assim, fecharam o acordo.

Quando ficou tudo pronto, Dalva Maria se surpreendeu percebendo que as criancinhas adoraram a pintura do muro. Como os desenhos são mais abstratos, elas inventaram a brincadeira do "achar parecido": esse pedacinho parece com uma nuvem, lá no canto parece um elefante com a tromba bem grande, aqui parece um velhinho, e essa é a cara de um monstro. A imaginação infantil não tem limites.

No dia seguinte, Dalva Maria foi à escola procurar Maneco e seu grupo para contar essa novidade. Relatou, com a riqueza de detalhes de uma boa contadora de histórias, a reação da criançada reunida em volta do mural, dedinhos apontados para os desenhos, gritinhos de alegria com cada coisa que descobriam. Ficaram tão encantadas com esse exercício de imaginação que pouco ligaram para o balanço, o escorrega e o caixote de areia. Maneco ficou tão feliz com a notícia que, naquele mesmo dia, quis ir até a creche para brincar com as crianças de "achar parecido".

As criancinhas acharam o máximo "brincar com o moço que tinha desenhado o muro". Depois da brincadeira, Maneco foi falar com Dalva Maria, visivelmente emocionado:

— Os adultos sempre criticaram as minhas pichações, só o pessoal da minha idade é que achava maneiro. Agora, elas são premiadas e servem para divertir as crianças. Nunca imaginei que isso poderia acontecer.

Com a atividade do ateliê de artes, Maneco e seu grupo estavam aprimorando técnicas de pintura. Depois do sucesso da creche comunitária, Dalva Maria conseguiu, por meio da associação de moradores, outras possibilidades de pintar "pichações artísticas". O muro do clube, que vivia pichado, foi um dos primeiros a ser concedidos. O "Cantinho de Iemanjá" também ganhou uma parede com pichações desenhadas que lembravam ondas do mar, conchas e búzios, dando maior destaque para as vendas de artigos de umbanda e candomblé. Até o seu Manoel quis que uma das paredes laterais da birosca recebesse esse "tratamento artístico". Com isso, Maneco e seu grupo ganharam outro tipo de destaque na comunidade. Cada novo trabalho era fotografado e virava matéria para o jornal publicado pela escola de informática.

Dona Lurdes acompanhava com muito interesse a evolução de Maneco e seu grupo. Procurava sempre conversar com os professores sobre as mudanças observadas na sala de aula. A professora Benedita, a princípio tão incrédula, estava surpreendida:

— Dona Lurdes, nem dá para acreditar na transformação desses meninos! E eu que achava que eles não tinham jeito...

— Pois é, Benedita, lembra aquele dia em que a gente conversou sobre esse negócio das oportunidades?

— Lembro perfeitamente bem. Agora, não há nem sombra de pichação dentro da escola, os meninos continuam meio agitados, é a natureza deles, mas deixaram de ser a "turma da bagunça". Até as notas melhoraram.

— Então, é isso. Agora eles se sentem valorizados, apreciados, estão desenvolvendo o talento para as artes, encontrando um outro jeito de se sobressair.

Na associação de moradores, sob a liderança de Cícero e

com a participação ativa de Dalva Maria, formou-se um grupo interessado em "melhorar o visual da comunidade" para as pessoas se sentirem melhor morando lá. Por iniciativa de alguns alunos da escola de informática, que estavam aprendendo a trabalhar com banco de dados, foi feita uma pesquisa entrevistando mais de duzentos moradores sobre o que achavam que eram os principais problemas da comunidade e o que sentiam por morar numa favela. Na pesquisa, o sentimento de vergonha passou de 80%: para muitos dos entrevistados, o grande sonho era ter condições de sair da favela e construir uma casa num "bairro bom". Os problemas da violência, do tráfico de drogas e da sujeira foram os mais citados.

Os muros com "pichações artísticas" eram bem coloridos; a ideia de Marcão de plantar coisas que não precisassem de cultivo foi bem-aceita para ocupar os terrenos anteriormente cheios de mato; conseguiram mudas de vários tipos de árvores, que foram plantadas em diferentes lugares, para aumentar o verde e dar sombra. O jornal da escola de informática foi fundamental para divulgar a campanha promovida pela associação dos moradores, estimulando as famílias a não deixarem suas casas só no tijolo, procurando emassar e pintar as fachadas com cores alegres. Embora muitos alegassem não ter dinheiro para comprar material e pagar mão de obra para melhorar o visual das casas, alguns admitiram que, ao aprontarem a casa por dentro, se acomodaram e não tinham muita vontade de emassar e pintar a fachada. No entanto, alguns moradores se animaram com a ideia do embelezamento da favela e começaram a pintar suas casas. A ideia central da campanha era diminuir o sentimento de vergonha e autodesprezo por serem moradores de favela e que passassem a cuidar melhor da comunidade, tornando-a mais atraente.

Gabriel acompanhava atentamente as transformações da comunidade pelas conversas com Marcão e pela leitura do jornal da escola de informática. Marcão tinha lhe contado também que a influência do jornal no desenvolvimento dos projetos comunitários estava tão forte que já havia um outro grupo interessado em criar uma rádio comunitária, para divulgar notícias diárias e dar uma força para as campanhas, além de criar oportunidades para mostrar os trabalhos dos grupos de forró e de pagode que se apresentavam nas festas da comunidade. Ficou animadíssimo com o convite de Marcão para que ele fosse à festa promovida pela associação dos moradores, em conjunto com um centro comunitário que promovia aulas de artesanato para gente de todas as idades. Com seus alunos, Gabriel montou um cartaz bem enfeitado, passou pela impressora e tirou várias cópias para afixar em pontos estratégicos da comunidade.

— Legal, Marcão. Você sabe que a minha mãe trabalha com uma cooperativa de artesãs, não?

— Sei, você me contou.

— Acho que ela adoraria ir a essa festa, para ver os trabalhos do pessoal.

— Pode trazer quem você quiser, Gabriel. Até a namorada...

— Bem que eu queria, mas não tenho... Taí, de repente, convido uma amiga minha. — Nesse momento, Gabriel pensou em Mônica, mas ficou em dúvida: "Será que ela toparia ir a uma festa como essa?".

— Essa festa vai ser boa demais, pode crer. Vai ter muitos trabalhos bonitos para o bazar, o seu Manoel da birosca vai se encarregar das bebidas e a dona Maria José vai vender os doces e os salgadinhos que ela faz, nota dez. Ah, e os grupos de música... tem o Raimundo, que é o sanfoneiro do forró, além de um grupo de pagode. Vai todo mundo dançar na maior animação, você vai ver.

17

Heloísa ficou encantada com o convite para a festa da comunidade, principalmente quando Gabriel disse que Marcão queria apresentá-la a dona Lurdes, irmã Ângela, padre Jorge e a outras pessoas atuantes no desenvolvimento dos projetos sociais. No entanto, a animação de Gabriel diminuiu ao perceber um certo tom de falsidade na voz de Mônica, quando ela lhe respondeu ao convite:

— Claro que eu adoraria ir a essa festa, Gabriel, mas é jus-ta-men-te no dia do aniversário de um dos meus tios.

Gabriel ainda se atreveu a insistir:

— Mas, Mônica, a festa da comunidade começa às três da tarde. E na casa do seu tio, não é à noite?

— Até é, mas, sabe, à tarde eu tenho que me produzir, entende? Vou ao salão fazer uma escova, cuidar das unhas, essas coisas...

Sem ter mais o que dizer, Gabriel desistiu. "Realmente, nem por sonhos essa garota quer botar os pés numa favela. Talvez minha mãe tenha razão, a gente não tem mesmo muito a ver um com o outro...", pensou, entristecido.

Heloísa estava entrando com o carro na garagem quando viu Gabriel andando pela calçada.

— Oi, filho, vamos subir juntos. Como foi seu dia?

— Médio. Dei uma boa aula lá na escola de informática, mas fiquei chateado com a Mônica. Percebi que ela inventou uma desculpa para não ir comigo à festa da comunidade.

— Era previsível, Gabriel. Pelo que você já me falou, acho que essa não é a dela mesmo.

— É, você tem razão. Bem que eu imaginei que ela não ia aceitar, mas, mesmo assim, fiquei chateado.

Quando entraram em casa, encontraram Daniel com Maria Luísa no computador. Apesar de já terem terminado o relatório do "trabalho voluntário obrigatório" há um mês, Maria Luísa passou a criar outros motivos para se encontrar com Daniel todas as sextas-feiras.

— Oi, mãe, eu e a Maria Luísa estamos descobrindo um monte de músicas MP3 muito legais — disse Daniel, superbem-humorado.

— Que bom, filho! E você, Maria Luísa, como vai?

— Estou ótima, dona Heloísa. Semana que vem já começam as férias e vai ficar melhor ainda.

Maria Luísa jamais recusou um convite para jantar, e sempre comenta que adora a conversa na mesa, hábito tão diferente do de sua casa, em que cada um come no seu canto. Gabriel não perdeu a oportunidade de provocar o irmão:

— E aí, quer fazer uma grande estreia na favela? Vai rolar uma festa legal daqui a duas semanas. Vai ter uma exposição de trabalhos de artesanato, comida boa, forró, pagode, a maior animação.

— Hum, tô sabendo...

Para sua surpresa, Maria Luísa logo se interessou:

— Pô, Gabriel, eu estou a fim de ir a essa festa. Ah, Dani, vamos... — falou com uma voz cheia de charme.

Gabriel sentiu uma pontada de inveja e raiva do irmão: "Como esse cara pode ser tão idiota? A Mônica me dando o fora, essa menina topando até ir na festa da favela e...". Porém, para total surpresa de todos, Daniel respondeu:

— Ah, tá bom, então vamos...

Quando Heloísa, Gabriel, Daniel e Maria Luísa chegaram ao local da festa, já havia muita gente em clima de grande animação: um grupo de pagode estava se apresentando; Natália, Tati e Antônio ajudavam Maria José na arrumação e na venda dos doces e dos salgadinhos. Algumas alunas de Maria José a ajudaram a fazer as famosas empadinhas de queijo, em destaque no centro do balcão. Seu Manoel enrolava o bigode e coçava a barriga, satisfeito com o ritmo da venda das bebidas. Marcão ia de um lado para outro, ajudando na organização, mas viu quando Gabriel estava chegando e logo se aproximou, curioso para conhecer a família do amigo. Heloísa lhe deu um abraço apertado e um beijo carinhoso:

— É uma alegria enorme conhecer você, Marcão.

— Para mim também, dona Heloísa. Gabriel já me falou sobre o seu trabalho na cooperativa. Agora eu estou meio agitado aqui com a organização, mas já, já quero apresentá-la à dona Lurdes e ao padre Jorge.

— E aí, Marcão? Posso ajudar em alguma coisa? — perguntou Gabriel, solícito.

— Em muita coisa, cara. Venha comigo.

E continuou chegando um monte de gente: mulheres jovens com filhos pequenos, várias moças com cabelo trançadinho com contas coloridas, rapazes de camiseta, *jeans*, tênis e boné, algumas senhoras idosas bem perfumadas, já ensaiando uns passos de dança. Muita gente se amontoando em volta do balcão de bebidas e consumindo os doces e os salgados de Maria José e suas alunas. As produções artesanais estavam expostas em várias mesas: biscoitos, geleias, panos de prato com bicos de crochê, cestas de vime, caixas de papelão para presente, potes de vidro e jogos americanos pintados à mão, velas artesanais, almofadas. Heloísa estava examinando atentamente os trabalhos, quando chegou Marcão trazendo dona Lurdes e seu Zé Rodrigues:

— Olha aqui, dona Heloísa, essa é a dona Lurdes, a diretora da escola, e o seu Zé Rodrigues, responsável pela horta comunitária. Padre Jorge e a irmã Ângela estão ocupadíssimos, mas daqui a pouco vão poder conversar com vocês.

— Satisfação em conhecer você, Heloísa. Já sei que o Gabriel participou do "trote solidário" com as crianças da minha escola, elas adoraram. E estou sabendo também do trabalho que você desenvolve na cooperativa das artesãs.

— Pois é, dona Lurdes, e eu estou acompanhando com o maior interesse o desenvolvimento dos projetos de vocês, inclusive da horta comunitária, seu Zé Rodrigues. O Gabriel já visitou e achou muito interessante.

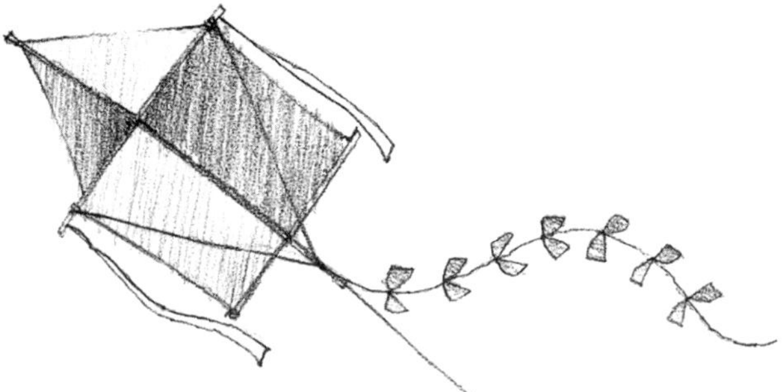

— Eu me lembro dele. Conversamos muito e ele ficou interessado pelo nosso trabalho na horta. A senhora está de parabéns, seu filho é um rapaz muito educado.

— Obrigada. É, hoje em dia não está fácil criar os filhos, mas, felizmente, eles me dão mais alegrias do que preocupações.

— Que bom, Heloísa — disse dona Lurdes. — Os pais das nossas crianças também se preocupam muito com o futuro dos filhos, principalmente com o problema da violência, do tráfico de drogas e das dificuldades de conseguir emprego. Daí o nosso esforço para abrir caminhos de esperança e realização não só para os jovens, mas também para os adultos. Você já viu todos os trabalhos dos nossos artesãos?

— Não, ainda não vi nem a metade.

— Então vamos ver juntas. Como você sabe, o centro comunitário oferece aulas para crianças, jovens e adultos. Parte da venda dos produtos é para cobrir as despesas do centro e a outra parte vai para os artesãos. Quando se trata de crianças e jovens, é obrigatório estar frequentando a escola.

— Isso é essencial, não é, dona Lurdes? Eles aprendem novas habilidades mantendo a escolaridade.

— Justamente. Mas a cooperativa onde você faz o seu trabalho voluntário é só para adultos, não é?

— É. Lá é uma cooperativa de mulheres artesãs, foi assim que elas se organizaram. Eu acho muito bonito ver a transfor-

mação da vida dessas mulheres por meio da abertura do campo de trabalho.

— Ah, mas isso é que é o mais emocionante. E aqui, como estamos trabalhando também com projetos maiores, dá para ver a própria vida da comunidade se transformando: primeiro foi o mutirão para melhorar as instalações da escola. A partir do problema das pichações, começamos a tentar mudar a cabeça das pessoas e a incentivar projetos comunitários. Daí surgiu muita coisa: a horta, a cozinha comunitária, os cursos de culinária, o ateliê de artes, as "pichações artísticas"...

— Isso eu achei interessantíssimo, dona Lurdes. O que era ruim se transformou numa coisa boa.

— Pois é, os problemas e as dificuldades que a gente enfrenta aqui são enormes, tem horas que eu confesso que desanimo. Mas, logo em seguida, penso na luta dessas pessoas para ter uma vida digna, vejo como, apesar de todo o sofrimento, elas conseguem se divertir, como você está sentindo pelo clima dessa festa, lembro os bons resultados dos nossos trabalhos e aí eu me animo de novo.

— É, dona Lurdes, eu acredito muito na importância dessa atitude. E tenho a esperança de que, aumentando a rede solidária, todo mundo vai conseguir viver melhor.

— Eu também penso assim. E, sabe, já estão surgindo novos projetos, inclusive o de organizar um mutirão para fazer o reflorestamento das encostas, em parceria com a Prefeitura. E o nosso ateliê de artes para jovens vai começar uma oficina de papel reciclado.

— Que maravilha!

Nessa altura, a festa estava muito animada. Dona Lurdes pediu licença a Heloísa para cumprimentar um grupo de mães de alunos, prometendo voltar com o padre Jorge. O sanfoneiro e seus acompanhantes tocavam forró e já havia muita gente dançando: jovens, idosos e algumas crianças também. Heloísa olhou discretamente para Daniel, que estava mais afastado, e percebeu que ele e Maria Luísa estavam de mãos dadas. "Vai ser muito engraçado se começar um namoro justamente numa festa a que o Daniel nunca sonhou vir", pensou.

Depois de ver todos os trabalhos artesanais, Heloísa sentiu vontade de beber uma água mineral e viu que Gabriel e Marcão estavam ajudando seu Manoel no balcão das bebidas. Parou um pouco para sentir o clima da festa e olhar o filho: "Tão integrado com o pessoal, tão alegre por estar participando, tão ativo e disposto a ajudar no que é preciso. Como é bom ter um filho pescador de estrelas...", pensou, feliz da vida.

Maria Tereza Maldonado é carioca e mora no Rio de Janeiro com seus filhos, Mariana e Cristiano. É psicóloga especializada em psicoterapia de família e membro da American Academy of Family Therapy e da World Association for Infant Mental Health. Tem 55 artigos publicados em revistas científicas e 22 livros, a maioria sobre relacionamento familiar e desenvolvimento pessoal. Pela coleção Jabuti, já publicou *Viver melhor* e gostou tanto da experiência de escrever ficção para jovens que se animou a escrever *Redes solidárias*. A própria autora relata o caminho desta criação:

"Por meio do meu trabalho como conferencista em todo o Brasil e também por fazer trabalhos voluntários em comunidades carentes, participando de projetos sociais em algumas organizações não governamentais, tenho tido a oportunidade de conhecer inúmeros projetos bem-sucedidos.

Embora reconheça que estamos muito longe de construir uma sociedade mais justa, vejo que o crescimento do trabalho voluntário dá uma contribuição importante para disseminar o 'vírus da solidariedade', ampliando a consciência das pessoas sobre a importância da cooperação, não só da competição.

Trabalhando junto com profissionais de várias áreas, observo que pequenas ações de um grande número de agentes sociais interligados nas 'redes solidárias' são capazes de gerar grandes transformações, fazendo com que pessoas e comunidades saiam da postura passiva e conformista da queixa e da desesperança.

Esperando que 2001 — o Ano Internacional do Voluntário — fosse um grande marco na consolidação da cultura da cidadania e da participação, no desenvolvimento das 'redes solidárias', especialmente entre os jovens que acreditam que seu potencial criativo pode ser canalizado para construir projetos de melhoria da coletividade, resolvi escrever este livro".

Conheça a página da autora na Internet:
http://www.mtmaldonado.com.br

Sobre o ilustrador:

Marcelo Martins desenha, como muitos, desde criança, mas nunca estudou Arte. Estudava Economia na USP quando foi convidado a estagiar numa agência de publicidade. Acabou se formando em Publicidade pela ESPM e trabalhou exclusivamente com propaganda e arte por oito anos. Durante esse período, surgiu a oportunidade de fazer histórias em quadrinhos para o exterior, e com ela muitas outras portas se abriram. Desde então, a arte ocupa um papel definitivo em sua vida, principalmente como forma de expressão e realização.

Para obter mais informações sobre os centros de voluntariado e as instituições cujos trabalhos inspiraram a construção de *Redes solidárias*, consulte a lista abaixo:

1) RECODE - Reprogramar para transformar
R. Alice, 150, Laranjeiras, Rio de Janeiro, RJ
22241-020 Tel.: (21) 2558-5695
e-mail: contato@recode.org.br
www.recode.org.br

2) Instituto C&A
Alameda Araguaia, 1222, Barueri, São Paulo, SP
06455-000 Tel.: (11) 2134-9105/2134-9103
e-mail: instituto@institutocea.org.br
www.institutocea.org.br

3) Fundação Odebrecht
Av. Luís Viana, 2841, Ed. Odebrecht, 1º andar
Paralela, Salvador, BA
41730-900 Tel.: (71) 3206-1752
www.fundacaoodebrecht.org.br

4) Pastoral da Criança
R. Jacarezinho, 1691, Curitiba, PR
80810-900 Tel.: (41) 2105-0250
e-mail: comunic@pastoraldacrianca.org.br
www.pastoraldacrianca.org.br

5) Sociomotiva
www.sociomotiva.com

A seguir, a lista de alguns centros de voluntariado em vários Estados, que podem ser procurados por quem deseja atuar como voluntário:

Atibaia/SP
Centro de Voluntariado de Atibaia
R. Pedro Cunha, 88 - Vila Santista
12941-900 - Atibaia - SP
Tel./Fax: (11) 4414-6043 / (11) 4414-6040
e-mail: contato@conscienciasolidaria.org.br

Belo Horizonte/MG
Central de Voluntariado – Prefeitura de Belo Horizonte
Av. Afonso Pena, 1.212 - 5° andar
Centro - 30130-908
Tel./Fax: (31) 3277-4174 e (31) 8744-6007
E-mail: rosanamonteiro@pbh.gov.br
www.pbh.gov.br

Blumenau/SC
Instituto Voluntários em Ação
R. Deodoro, 226 - Edifício Marco Polo - Sala 701
Centro - 88010-020
Tel.: (48) 3222-1299
E-mail: voluntarios.sc@voluntariosemacao.org.br
www.voluntariosemacao.org.br

Campinas/SP
Fundação FEAC
R. Odila Santas e Souza, Camargo, 34
Jardim Brandina - 13092-540
Tel./Fax: (19) 3794-3500/3794-3544
e-mail: marcela.doni@feac.org.br
www.feac.org.br

Cascavel/PR
Centro de Voluntários Cascavel
R. Souza Naves, 4081, sala 3
Cascavel, PR 85810-070
Tel.: (45) 3322-4206
e-mail: cvcascavel@gmail.com

Curitiba/PR
Centro de Ação Voluntária de Curitiba
R. Ébano Pereira, 359 Centro
Curitiba, PR 80410-240
Tel./Fax: (41) 3322-8076
e-mail: acao@acaovoluntaria.org.br
www.acaovoluntaria.org.br

Florianópolis/SC
Instituto Voluntários em Ação – Santa Catarina
R. Deodoro, 226, sala 701
Florianópolis, SC 88010-020
Tel./Fax: (48) 3222-1299
e-mail: voluntarios.sc@voluntariosemacao.org.br
www.voluntariosemacao.org.br

Fortaleza/CE
IFMM - Instituto Felipe Martins de Melo
R. Júlio Siqueira, 429 - Joaquim Távora
Fortaleza, CE 60130-090
Tel.: (85) 3272-7400/8817-8000
e-mail: institutofmm@gmail.com

Goiânia/GO
Centro Goiano de Voluntários
R. T-14, 249 Setor Bueno
Goiânia, GO 74230-130
Tel.: (62) 3201-9486/3201-9444/3201-4430
www.ovg.org.br
e-mail: centrogoianodevoluntarios@gmail.com

Itu/SP
Secretaria de Promoção e Desenvolvimento Social
Praça Gaspar Ricardo, 73
Centro - 13301-009
Telefone: (11)4025-5491
e-mail: franciscaccmoraes@gmail.com
www.secretariasitu.com.br

Limeira/SP
Central de Voluntários de Limeira
Av. Campinas, 115
Limeira, SP Cidade Jardim 13480-280
Tel./Fax: (19) 3404-6287/3404-6200
e-mail: neuda.martins@hotmail.com

Londrina/PR
Centro de voluntários de Londrinha
R. Alagoas, 1432 - ap 202 - Centro
Londrina - 86020-430
Tel./Fax: (43) 3337-1202/(43) 9156-1807
e-mail: cvlondrina@gmail.com
www.centrovoluntariodelondrina.blogspot.com

Montes Claros/MG
Rede Voluntariado
R. Carlos Gomes, 110 - Centro
Montes Claros, MG 39400-042
Tel.: (38) 2101-3300
e-mail: contato@redevoluntariado.com
www.redevoluntariado.org

Novo Hamburgo/RS
Cidadão Voluntário - Universidade Feevale
Avenida RS, 239
Vila Nova - 93352-000
Telefone: (51) 3586-8818
E-mail: talentos@feevale.br
www.feevale.br/voluntario

Porto Alegre/RS
ONG Parceiros Voluntários
Largo Visconde do Cairu, 17, 8º andar
Porto Alegre, RS 90030-110
Tel.: (51) 2101-9750
e-mail: vercy@parceriosvoluntarios.org.br
www.parceirosvoluntarios.org.br

Presidente Prudente/SP
Central de Voluntários em Ação de Presidente Prudente
R. Rui Barbosa, 578
Centro, SP 19015-000
Tel./Fax: (18) 4101-1143
e-mail: centraldevoluntariospp@uol.com.br

Recife/PE
Transforma Recife
Contato: Tânia Santana
Telefone:(81) 3355-3739 e (81) 9488-6446
e-mail: instituicoes@transformarecife.com.br
www.transformarecife.com.br

Ribeirão Preto/SP
Centro de Voluntariado de Ribeirão Preto
R. João Penteado, 676, sobreloja Pátio Boulevard
Ribeirão Preto, SP 14025-010
Tel./Fax: (16) 3635-1739
e-mail: cvrp@voluntariadorp.org.br
www.voluntariadorp.org.br

Rio Branco/AC
SOS Amazônia
R. Pará, 61 - Cadeia Velha - 69900-440
Rio Branco, AC
Tel.: (68) 3223-1036
www.sosamazonia.org.br

Rio Claro/SP
Centro de Voluntariado de Rio Claro
R. 5 B, 250 - Cidade Nova
Rio Claro, SP 13506-807
Tel.: (19) 9-9676-2708/3522-1938
e-mail: teresa-arruda@hotmail.com

Rio de Janeiro/RJ
Vivario
R. Russel, 76 - Glória
Rio de Janeiro, RJ 22210-010
Tel./Fax: (21) 2555-3785
e-mail: cibele@vivario.org.br
www.vivario.org.br

Santa Fé do Sul/SP
Centro de Voluntariado de Santa Fé do Sul
Av. Paulo Nunes, 250 - Centro
Santa Fé do Sul, SP 15775-000
Tel./Fax: (17) 3631-6717
e-mail: seaes@santafedosul.sp.gov.br
www.fundosocial.santafedosul.sp.gov.br

São José do Rio Preto/SP
Centro de Voluntariado de São José do Rio Preto
R. Samy Gorayeb, 350
Solo Sagrado - 15044-140
Telefone: (17)9-9165-6642 e (17)3237-0259
e-mail: dricasmartins@hotmail.com

São Paulo/SP
Centro de Voluntariado de São Paulo
Av. Paulista, 1294, 19º andar
São Paulo, SP 01310-915
Tel./Fax: (11) 3284-7171/3266-5477
e-mail: orgsociais@voluntariado.org.br
www.voluntariado.org.br

Suzano/SP

Centro de Voluntariado de Suzano
Av. Hélio Guimarães, 395 - Miguel Badra
Suzano - SP 08600-000
Tel.: (11) 4749-1935
e-mail: silviarangel@ig.com.br
www.ammae.org.br

Teresina/PI

Central de Voluntários de Teresina
R. Francisco Magnólia, 1791
Santa Maria Codipe - 64012-479
Tel.: (86) 8802-3047/9966-7297
e-mail: agenda.rondineli@gmail.com
www.ancestralidadeafricana.org.br

Vitória/ES

Movimento Capixaba de Voluntários
Contato: Maria José Quinteira
Telefone: (27) 3208-5333 / (27) 9874-5330
e-mail: mjangola@terra.com.br